Ada Badey
Gossenwalzer

ADA BADEY

GOSSEN WALZER

S. Marix Verlag

1. TEIL
ZUHAUSE 11

2. TEIL
DER FREMDE 71

3. TEIL
MAU-MAU-KOLONIE 159

FÜR MEINEN SOHN KOSTJA

*Ich kannte mal eine Frau, die ist bei Regen nie aus dem
Haus gegangen. Sie hat behauptet, der Regen erinnere sie
an den Tod ihrer Mutter. Mich hat das sehr berührt.
Aber – sie hatte einfach nur ein Loch in der Sohle
und wollte sich die Füße nicht nass machen.*
Thomas Brasch

*Am Ende ist die Lüge dreimal um die Erde gelaufen,
bevor sich die Wahrheit die Schuhe anzieht.*
Mark Twain

Als meine Mutter in den Zug stieg und für immer verschwand, stand ich am Bahnsteig. Ich trug keine Jacke, meine Mutter rauchte Kette, während sie redete, und ich kann mich an jedes einzelne Wort erinnern.

Es war ein Sonntag, und es hatte geschneit.

1. TEIL
ZUHAUSE

Auf dem Schiff I

An Deck dieses riesigen Schiffes ist es warm und windig. Das Kind neben mir tanzt und kreischt den Möwen zu, die Möwen kreischen lauter. Die Frau trägt einen blauen Mantel und ein Kopftuch. Die Frau weint, sie weint leise, und um ihren Hals hängt eine kleine Madonna. Das Schiffshorn hupt dreimal. Ich sehe den Rauch, er ist weiß. Ich stehe an der Reling, das Land ist ganz nah erst, schemenhaft nah, es kommt immer näher, das Land, und irgendwann sehe ich *ihn* am Ufer stehen. Er steht am Ufer, als sei ich nie weg gewesen und er auch nicht. Es sieht aus, als stehe er immer noch genauso da, wie er vor zehn Jahren dort stand, als ich mein altes Leben hinter mir ließ, als warte er auf seine Jacke. Er winkt nicht. Er steht nur da und schaut auf das Schiff, als wolle er immer noch auf mich achtgeben, jetzt noch, wo alles längst vorbei ist.

Ich schaue in den Himmel. Wolkentürme, Sonne und Himmel, mehr ist da nicht. Ich stehe, schaue und friere in seiner Jacke. Die Jacke, die er mir um die Schultern gelegt hatte, als ich aufs Schiff gegangen bin, allein, blutjung, wütend und ohne Zweifel.

Es ist spät im Sommer und das Schiff schiebt sich ruhig vorwärts.

Ich schaue auf die Frau mit ihrem Kind und mir fällt Gott ein. Gott, meine Mutter und der Sommer, bevor sie ging.

Kittelschürze und BH

Es war einer dieser langen heißen Sommer Ende der Siebziger, wie sie öfter schon vorgekommen waren, mit diesen heißen, hohen Himmeln, in denen meine Mutter mit Kippe im Mund, leicht bekleidet in ihrem fleischfarbenen BH unter der Kittelschürze, Bratkartoffeln mit Spiegeleiern und Speck briet. Trotz Hitze.

Billig und lecker.

Das Haus, in dem wir lebten, war winzig, hatte zwei Stockwerke und gehörte zu unserer Familie seit der Opa aus Pommern kam, Arbeit und eine Frau fand. Beides fand er im Vorübergehen.

Wir wohnten in der Nähe des Bahnhofs und ich mochte die Geräusche, die Durchsagen, selbst den Geruch. Ich trieb mich oft dort herum, um die Leute zu beobachten, wie sie wegfuhren, auf welche Weise sie wieder ankamen. Die meisten sahen verkleidet aus, wenn sie am Bahnsteig auf den Zug warteten. Wenn sie wiederkamen, gab es Verheißung, Erschöpfung oder Traurigkeit, manchmal war Wut in den Gesichtern.

Ja, ich mochte den Bahnhof, er war klein, und gerade das mochte ich. Am liebsten aber mochte ich es, von dort aus nach Hause zu laufen, die fünf Stufen zu nehmen, die Treppe, die direkt zur Küche führte. Die Treppe, die eher abwärts statt nach oben zeigte. »Küsse, Trennungen, schwere Schritte, ausgesetzte Katzenjungen, Wahrheiten und Lügen.« Meine Mutter lachte. »Die Treppe hat mehr erlebt, als du dir vorstellen kannst, Tilda. Glaub mir.« Sie lauschte ihren Sätzen hinterher: »Mit dem Glauben ist das so eine Sache, Kind. In erster Linie musst du *dir* glauben. Das ist die Wahrheit.«

So höre ich sie sprechen, meine Mutter, auf der Treppe, mit der Zigarette im Mund, die silberschwarze Strähne wegpustend, am Herd oder am Küchentisch. Die Kühlschranktür drückte sie mit der Hüfte zu. Sie rauchte fast immer.

»Los Tilda, hol mir mal eine Packung Kippen.« Ganz deutlich höre ich den Klang ihrer Stimme. Ein Gemisch aus Liebe, Lachen und Häme. Ich höre, wie sie ihre Reden schwingt.

»Glaube, Rauchen, Wahrheit. Alles schön und gut. Aber, sowas wie die Wahrheit gibt es gar nicht. Wenn du ihr ein bisschen auf die Schliche kommen willst, musst du auf den Klang der *Stimme* hören, den Klang der Stimme desjenigen, der spricht, Tilda, daran kannst du erkennen, ob was dran ist an der Wahrheit. Die Stimme hört sich einfach richtig an.«

Ich fragte mich damals, *woher* man das wissen soll, das mit der Wahrheit. Und woher weiß man, ob die *eigene* Stimme richtig ist? Woran merkt man das? Meine Mutter, die generell nicht auf Zwischenfragen antwortete, machte eine kleine Paffpause und schnalzte mit der Zunge. »Da fragst du die Falsche, tirillilili, juphaidi«, fiepte meine Mutter und schaute mich auffordernd an. »Tilda? Hast du jetzt verstanden? Das Beispiel?« Und als ich nicht gleich antwortete, hob sie ihre Stimme: »Ob du das verstanden hast!«

Okay. Die Stimme meiner Mutter klang ungesund. Absichtlich verfiept und lügnerisch. Das war ein Lügen-, ein Tirili-Test. Soviel hatte ich schon mal begriffen.

Woher wusste sie immer so genau, was ich gerade dachte? Meine Mutter sah aufmerksam dabei zu, wie sich meine Gedanken verhakten, das konnte ich sehen.

»Du denkst zu viel, Tilda. Vor allem denkst du zu viel an mich. Leg mal *deinen* Gang ein. Sonst wird das nichts mit dir. Ich bin nicht wichtig. Treppe hin oder her.«

Auf dem Schiff II

An den Klang der Stimme meiner Mutter, laut und heiser, die Kippe im Mund, tirili, daran muss ich denken, als das Schiffshorn erneut hupt. Das Schiffshorn vernebelt alles für einen Augenblick; alles vernebelt es, auch das Kind, das neben seiner Mutter steht und lacht, den Möwen etwas zukreischt in einer Sprache, die nach Datteln riecht und Zimt.

Die Frau, eine Madonna um ihren Hals, sagt: »Ich bin Maria.« Sie sagt es mit einem Akzent, der sich zart anhört, weit weg und angewöhnt. Ich lächle sie an. Das Kind schaut die Frau an. Es schaut an ihr hoch. Die Frau, das Kopftuch fest um ihren Kopf gezurrt, schaut auf das Wasser. Das Schiff hat an Fahrt verloren, es riecht nach Benzin.

Der Mann an Land ist jetzt ganz nah.

Endlich, endlich kann ich weinen.

Pusteblumen und Küchenleben

Onkel Sigi sagte Giraffe zu mir, was die Sache nicht leichter machte. Ich war dreizehn in jenem Sommer, fast vierzehn, was keiner ahnen konnte.

Maximal wie elf sah ich aus. Dünn, ein Leichtgewicht, eine Bohnenstange, das war ich, ich sah aus wie ein Junge, obwohl ich nie einer sein wollte. Ein Mädchen aber auch nicht.

Selbst meine Haare wogen nicht viel und hatten die Farbe von verirrten Pusteblumen. Das hatte Onkel Sigi immer zu mir gesagt. Na ja, zu meinen Haaren hat er das gesagt. Verirrte Pusteblumen, die schon den Herbst und den Winter nicht gut überstanden hatten.

»Noch nichts los mit dir, musst noch ein bisschen auf die Weide, Kleines. Du siehst irgendwie unentschieden aus. Wie eine Babygiraffe mit Schlagseite«, sagte Onkel Sigi und kniff die Augen zusammen, so wie er es oft tat, wenn er malte und noch nicht ganz einverstanden war mit dem, was er sah. »Genau. Wie ein Junge siehst du aus, wie ein Junge, der ein Mädchen sein will. Da sind zu viele Haare in deiner Suppe. Mit achtzehn siehst du anders aus.«

Meine Mutter stellte ihm ein Käffchen hin.

Mit achtzehn werde ich klug sein. Klug, schön und weg. Das sagte ich aber nicht.

Onkel Sigi sah aus, wie er immer schon ausgesehen hatte, jedenfalls für mich. Ein mittelgroßer Sigi, kräftig und mit vielen Haaren. Ein goldenes Armband teilte die Wolle an seinem Arm in zwei Hälften. »Nix mehr zu sehen von James Dean, dem Hänfling. Der Sigi ist mittlerweile so ein Typ wie der Dings aus *Endstation Sehnsucht*, der Typ mit dem Unterhemd, der Brando, ein richtiger Kerl«, schwärmte meine Mutter, die früher oft ins Kino gegangen war. Ihre Schwärmerei hatte einen Klang aus Hart und Weich. Einen Ton, den ich nicht verstand. Etwas Vergessenes vielleicht. Ich hatte Onkel Sigi schon oft im Unterhemd gesehen, kannte den Brando und den Film aber nicht. Onkel Sigi roch, als würde tief in ihm irgendetwas Saftiges gebraten.

Die Wörter Sehnsucht und Endstation gefielen mir. Ich schrieb diese Wörter in mein Notizbuch. Das Erste von vielen dieser Bücher.

Das allererste Notizbuch hatte *sie* mir geschenkt. An diesem Tag sah ich meine Mutter zum ersten Mal in der weißen Kunstfellstola. Auf unserer Treppe, die Kippe im Mund, das Notizbuch in der Hand. »Wenn du schon nicht viel redest, Tilda, schreib alles auf. Schreib auf, was dir wichtig ist, und am besten wäre es, du amüsierst dich dabei.« Sie verzog den Mund. »Weißt du, dass ich diese Stola mal hab' mitgehen lassen? Sie gehörte der Knubbelkopffrau, der Alten aus dem verfallenen Haus. Sie hatte mehrere davon. Aber nur weiße. Die hier, die gehört jetzt mir. Vielleicht gebe ich sie ihr irgendwann einmal wieder zurück.« Mit einer Hand streichelte sie das Fell der Stola. Das sah schön aus.

Zu dieser Zeit lebte Onkel Sigi noch bei uns, bei meiner Mutter und mir. Onkel Sigi malte, reparierte Mopeds und so. »Nichts Wildes«, sagte er immer und schaute in meine Richtung. Schrauben-Sigi, so wurde er von vielen genannt.

Onkel Sigi war ein Vorbeischauer. »Damit lasse ich den anderen Luft, verstehste«, sagte er mal zu mir.

»Schrauben-Sigi? Das greift eindeutig zu kurz, mein Bruder ist ein Künstler«, war die Meinung meiner Mutter. »Eindeutig!«

»Macht doch keinen Unterschied, jedenfalls keinen großen. Maler oder Schrauber, egal, Tilda, für beides braucht man Hände, langsame Hände«, entschied er. »Mehr nicht.«

Huckleberry Finn I

In jenem Sommer gingen wir, Onkel Sigi und ich, Sonntag für Sonntag zu den Brockmanns, um *Tom Sawyer und Huckleberry Finn* im Zweiten Deutschen Fernsehen zu schauen. Die Brockmanns hatten einen Fernseher. Die Woche über erzählte ich meiner Mutter, was wir da machten, wie es da war, erzählte ihr von unseren Fernsehsonntagen. Ich erzählte ihr von Huckleberry Finn.

»Huckleberry Finn! Herrgott! Das ist nicht gesund, Tilda, du hängst dich an jemanden, der gar nicht da ist, den es gar nicht gibt, gar nicht gesund ist das, glaub mir, ich weiß, wovon ich rede, Tilda«, und es fiel ein bisschen von der Asche der Zigarette in das Essen. Sie rührte weiter und schaute fasziniert in den Kochtopf.

»Das vertanzt sich, Tilda!«

Das mit dem Vertanzen war einer der Lieblingsbegriffe meiner Mutter, sie sagte es oft. Sie sagte es laut, wie sie immer alles laut sagte. Jedenfalls, als sie noch da war, in unserer Küche stand, im Topf rührte und an ihrer *Roth-Händle* zog.

»Geht dahin, das ist gut. Geht, geht zu den Brockmanns. Beide. Tilda, Sonntag ist ein Tag, den man knicken kann, Sonntag ist leicht mal ein Tag, den man wie eine Schubkarre vor sich herschieben muss, Sonntag ist der Tag des falschen Friedens, ein Tag, der gerne Schaden anrichtet. Ich akzeptiere das nicht«, rief meine Mutter am Herd stehend, ihre schwarzsilbernen Haare schweißverklebt, in Unterrock und Kittelschürze. Sie sah umwerfend aus, mit einem Bein in der kochenden Suppe und den paffenden Kringeln in der Luft.

»Sonntags gibt es keine Bratkartoffeln. Sonntag ist der Tag, den man nicht allein lassen darf. Sonntag ist der Tag meiner inneren Ruhe, Tilda.« Sie schaute mich an, und ihre Lautstärke steigerte sich, wie immer, wenn sie über den Sonntag sprach, wie immer, wenn ihr irgendetwas unter den Nägeln brannte: »Übrigens, Endstation hat *keinen* schönen Klang. Da verwechselst du etwas. Sehnsucht vielleicht, aber Endstation ist das Letzte. Das Allerletzte. Merk dir das!«

Meine Lippe begann zu zucken. Sie las also meine Notizbücher, und Sonntag ist unterm Strich erst mal der Tag, an dem es keine Bratkartoffeln gab. So viel hatte ich verstanden. Meine Ohren stellten sich taub und schlossen sich wie Nachtkerzen, denen das Licht zu grell wird.

Was genau meine Mutter aber mit Gestaltung und innerer Ruhe meinte, erfuhr ich erst später, als der Sommer fast vorbei war. Ich ahnte aber damals schon, dass innere Ruhe für jeden etwas anderes war. Vor allem sonntags.

Ein Fahrrad, ein Hasenstall, Huckleberry Finn, Gudruns Brille und noch einiges mehr, das ist die Geschichte dieses Sommers.

Ich werde erzählen, wie er war. Ich werde erzählen, wie dieser Sommer wirklich war.

Helmut Schmidt

Ab mittags waren die Sonntage besonders dickflüssig, und in diesem Jahr war der Sommer sehr heiß. »Gemüsesuppe, Kinder, esst Gemüsesuppe. Das ist etwas für verwundete Soldaten, die lange, nachdem der Krieg vorbei ist, endlich nach Hause kommen. Also lasst es euch schmecken.«

Meine Mutter kannte sich aus mit Suppen, sie war früher Kantinenchefin auf der Zeche gewesen. Sie kannte sich aus damit, etwas nicht zu wollen und dazu gehörte ein Fernseher.

Hartnäckig weigerte sie sich, einen Fernseher anzuschaffen. »Das Radio ist vollkommen ausreichend«, meinte sie. Onkel Sigi nahm das hin, wie er fast alles hinnahm, was seine Schwester sagte. Onkel Sigi widersprach meiner Mutter nur selten.

»Lohnt nicht«, meinte er im Allgemeinen.

Vollkommen ausreichend fand meine Mutter ein Radio, ausreichend, um die Wettervorhersage zu hören und die Stimme von Helmut Schmidt, für den sie seit langem eine Schwäche hatte.

Es war heiß, das Fenster weit geöffnet. Ein Vorhang hielt die Sonne fern. Meine Mutter vertrug keine Sonne. Ich war mit meinen Gedanken schon weit weg, bei *Tom Sawyer und Huckleberry Finn*. Ich war bereits im Wohnzimmer der Brockmanns. Aber meine Mutter war noch lange nicht fertig. Sie fing gerade erst an.

»Diese Stimme mit dem sspitzen Sstein, das hat doch was, Tilda. So jemanden wie Helmut Schmidt, das wäre es doch gewesen, Tilda, meinst du nicht?« Meine Mutter wartete keine Antwort ab und paffte ein einsames Wölkchen über den Tisch. Sie machte einen langen Einatmer. Als sie wieder ausatmete, war sie bereit. Bereit für Helmut Schmidt.

Onkel Sigi und ich waren schon aufgestanden, wir nickten uns zu. Onkel Sigi nickte an mir vorbei, so, wie er es immer tat. Onkel Sigi, der so besonders an einem vorbeinicken konnte, dass man wusste, er meint dich. Wir setzten uns noch einmal zurück an den Küchentisch und nahmen noch ein bisschen Suppe. Wir kannten die Geschichte. Meine Mutter beschmückte sie aber mit immer wieder neuen kleinen Details, sie war eigentlich nie richtig zu Ende, die Geschichte. Und dadurch wurde sie erst richtig ganz.

Nach ihrem Ausatmer bekam meine Mutter diesen Helmut-Schmidt-Blick, durchdringend, stechend fast, mit einem Schmunzeln in den Mundwinkeln, wie die Lehrer in meiner Schule es hatten. Aus ihrer Zigarette wurde eine Pfeife, ihre Stimme tiefer. Meine Mutter, ein echtes Talent.

Ihre Stimme wurde weich. So weich, wie ich mir vorstellte, dass sie klang, wenn sie allein in ihrem Zimmer war, niemand sie hören konnte, wenn sie mit sich selber war.

»›Gnädige Frau, ich habe da mal eine Frage‹, das waren seine Worte. Helmut kam direkt auf mich zu. Wir waren zu dritt hinter dem Tresen. Drei Frauen. Aber er hatte nur Augen für mich. *Ich* hatte eben diese Ausstrahlung. Damals. Diese Ausstrahlung, dass man Fragen zum Tagesgericht am besten der Chefin persönlich stellt. Chefcharaktere spüren, wer die Chefin ist. Meine Kantine, mein Tresen, meine Gerichte, alles andere Staffage.«

An dieser Stelle bekam ihr Blick etwas Verhangenes, Lüsternes: »Meine beiden Küchenhilfen verschwanden sofort. Sie merkten, da ist was im Busch. Etwas Maaaaagisches war da im Busch.« Sie zog das a sehr lang, als wollte sie, dass die Maaaagie einfach kein Ende nimmt.

»Jeder im Raum bemerkte sie, diese Maaaagie. Niemand sprach ein Wort, alle beugten sich über ihre Teller oder starrten in die Luft und ließen geschehen, was sich da gerade Unbeschreibliches ereignete.«

Meine Mutter erzählte das alles so, wie man einen spannenden, atmosphärisch aufgeheizten, melodramatischen Kinofilm beschreibt.

»Aber dann, diese entsetzliche Stimme: ›Helmut, bring mir doch bitte gleich eine sssweite Portion mit, da braucht die Frau nicht extra laufen.‹ Mit diesen Worten zerstörte diese Person alles. Das, was sich gerade an einem kleinen Wunder platzieren wollte, starb durch den Satz dieser unschönen Frau, seiner Frau mit diesem hässlichen, norddeutschen Vorstadt-Akzent, und verschwand für immer. Aus. Vorbei. So war das. ›Gnädige Frau, ich habe da mal eine Frage.‹ Was hätte daraus werden können?« Meine Mutter erwartete keine Antwort, das tat sie nie. »Man muss wissen, wann etwas keinen Anfang hat. Aber vor allem muss man wissen, wann etwas zu Ende ist, Tilda. Merk dir das.«

Wieder holte sie tief Luft, wieder atmete sie aus und wurde auf ihrem Küchenstuhl ein bisschen kleiner. Von Mal zu Mal, wenn meine Mutter diese Geschichte erzählte, wurde sie kleiner und manchmal zitterte ihr Mund. Ich sah ihr dabei zu und hatte Angst, dass sie irgendwann ganz verschwinden würde. Nach einem kurzen Seufzer Stille sagte sie leise: »Wieso die Brockmanns sich einen Fernseher leisten können, möchte ich gar nicht wissen. Aber gut, Pütt bringt Kohle. Zusätzlich Wohnwagenwaschen, das bringt mehr Kohle. Tilda, geh mit Onkel Sigi, geh mit ihm in den Sonntag.«

Onkel Sigi und ich aßen den Rest unserer Suppe, standen auf und er nahm meinen Arm. Er schob mich an meinem Ellenbogen vor sich her, ganz sacht. Ich mochte das.

Wir liefen durch die Siedlung, setzten uns an den Bolzplatz und schauten den Siedlungskindern zu. Ich sah ein fremdes Mädchen, wahrscheinlich eines der Waisenhauskinder. Sie stand einfach nur da und war wegen der roten, flirrenden Asche mal deutlich, mal undeutlich zu sehen. Sie trug eine zu kurze Hose und eine Fliege um den Hals. Onkel Sigi und ich, wir saßen im Gras, jeder für sich, wir hingen unseren Gedanken nach, bis es Zeit war, zu den Brockmanns aufzubrechen.

Wir gingen los, die Straßen waren leer und die Sonne brannte.

Onkel Sigi öffnete das Tor, und mit ihm an meiner Seite machte mir die kläffende Hündin von Hilde Brockmann keine Angst.

Bei den Brockmanns

Das Fernsehzimmer war klein und stickig. Das Fenster blieb geschlossen, wegen dem ewig erkälteten Jüngsten.

In dem Zimmer standen ein Sofa, ein paar Cocktailsessel in der Farbe eines alten Rauhaardackels, ein Tisch, der zum Nachmittagskaffee gedeckt war. Wie an jedem Sonntag in diesem Sommer gab es festen Kuchen und Kaffee mit Büchsenmilch, auch für die Kinder. In einer Ecke ein Vitrinenschrank mit Glasscheiben zum Schieben. Darin standen drei verlorene kleine Tässchen ohne Untertasse. Die Tassen waren lange nicht benutzt worden und hatten keinen richtigen Goldrand mehr. In der rechten Ecke am Fenster stand ein Fernsehschrank mit riesigen Flügeltüren aus Glas, in denen sich das Licht spiegelte.

Es war ein Unterwasserzimmer. Es hatte dieses Licht, wie wenn ich im Sommer am Fluss meinen Kopf unter Wasser hielt. Nur dass es in dem Unterwasserzimmer keine Wellen gab. Das Zimmer roch nach Staub, Moder, Hitze. Es roch nach etwas, das für immer weg war.

Es gab eine Lampe unter der Decke, daran hingen die Fliegenfänger, und wenn man das Licht andrehte, sah man die Mottenleichen, die dort ihr Grab hatten. Vor dem Fenster stand ein vergammelter Gummibaum. Er schaute mich an, traurig und ohne Hoffnung.

»Ist zu voll hier«, sagte Frau Brockmann einmal, »aber es geht nicht anders.«

Hilde Brockmann hatte sechs Kinder und einen Mann. Er war ein zäher, schmaler, kleiner Mann, verwachsen mit seinem rostigen Mofa. Er war immer nachts auf Schicht, als Zimmerling, die Strecken ausbessern. Der rostrote Heinz sprach, wenn er überhaupt sprach, nur in Wortfetzen. Eigentlich mochte ich das.

Der rostrote Heinz. So nannte meine Mutter ihn, den Herrn Brockmann.

»Der vergöttert seine Frau durch Schweigen«, meinte meine Mutter rauchend am geöffneten Fenster zum Hof. »Ich möchte den rostroten Heinz nicht geschenkt. Du hast ihn noch nie richtig sprechen gehört, sagst du? Eine Stimme so schlaff wie ein nasser Aufnehmer. Hast also nichts verpasst.«

Die drei jüngsten Kinder hatten zusammengewachsene Zehen, so wie Onkel Sigi.

»Das ist schlecht«, sagte meine Mutter. »Das Ganze ist leider eindeutig, das ist *ganz* schlecht, da gibt es nix dran zu schrauben.«

Das kleinste Kind war erst ein paar Monate alt. Die drei Jüngsten saßen immer abwechselnd auf dem Schoß ihrer Mutter. Wie kleine Äffchen hingen sie an ihrem Hals. Gudrun war sechzehn und die Älteste. Die zwei Restkinder dazwischen spielten keine Rolle, sie waren einfach nur da.

Gudrun hatte dichtes schwarzes Haar wie Frau Brockmann, schwarz wie Briketts, und eine Brille. Beim Kaugummikauen machte sie große Blasen. »Keine Frage, sie ist eine Augenweide. Okay, ihre Brillengläser sind dick wie Eiswürfel«, sagte Onkel Sigi einmal zu mir, als wir sie auf ihrem Fahrrad durch die Siedlung radeln sahen. »Aber der Rest – wie gemalt.«

Gudrun saß mit uns in dem Unterwasserzimmer auf einem der Rauhaarsessel und wartete. Mit dem Stillen des Jüngsten wurde erst begonnen, wenn alle vollzählig waren. Alle, das waren Onkel Sigi, die sechs Kinder, Frau Brockmann und Herr Brockmann, also der rostrote Heinz, der in der Nähe der Tür auf einem Schemel saß und sich gerade hielt. Alle warteten auf diesen Moment, in dem sich die Brust von Frau Brockmann aus dem Morgenmantel entblößte. Ich wartete mit einem Gefühl von Aufgeregtheit und Ekel, ein Gefühl, das ich mir nicht erklären konnte.

Frau Brockmanns Brust war groß, prall, durchzogen mit blauen Adern. Dazwischen Schweißkügelchen. Herr Brockmann hatte sie im Blick. Die Kügelchen. Er beobachtete sie.

Mit einem Blick von unten nach oben. Denn er war schmal und klein, der Herr Brockmann.

An diesen Sonntagen in jenem Sommer stillte Frau Brockmann ihr Jüngstes von 15:15 Uhr bis 15:29 Uhr, danach erst schaltete Gudrun den Fernseher ein.

Die ganze Woche über versuchte ich, das Bild, das ich immer wieder vor Augen hatte, zu verbannen, aber es war da, immer wieder war es da. Und dann stieg an den Sonntagen, kurz bevor es passierte, bevor Frau Brockmann ihren roten Morgenmantel öffnete, die Brust entblößte und das Jüngste gierig zu trinken begann, ein Gefühl der Scham in mir hoch. Es war meine Sonntagsscham.

»Alles hat seinen Preis«, hatte meine Mutter einmal gesagt. »Merk dir das besser mal, Tilda. Gegen manche Dinge im Leben kommt man einfach nicht an.«

Ich merkte es mir und zahlte den Preis. Jeden Sonntag in jenem Sommer. Den Preis für *Tom Sawyer und Huckleberry Finn*. Vor allem für Huckleberry Finn.

Badetag und Huckleberry Finn II

Huckleberry Finn lebte am Mississippi in einer Tonne, dachte sich Geschichten aus und machte, was er wollte. Schon immer. Hucky war oft allein in seiner Tonne. Er war ein Junge, der rauchen konnte, ohne dass ihm schlecht wurde davon. Hucky hatte einen Vater, der soff. Manchmal kam sein Vater vorbei und verprügelte ihn.

»Huckleberry Finn denkt sich keine Geschichten aus, das ist Quatsch, Tilda, dazu ist der zu dösig. Und dieser Vater, sowas fehlte mir noch«, rief meine Mutter, die den Roman gelesen hatte, »so jemand, der säuft und prügelt, das fehlte noch«, rief sie und schob den Träger ihres fleischfarbenen BHs zurück auf ihre Schulter.

Diese Bewegung mit der rechten Hand zur linken Schulter, diese Bewegung machte meine Mutter oft. Sie beugte sich übers Waschbecken in ihrer Küche, in der sie ihre BHs wusch, kochte oder rumhantierte: »Nein, Tilda, da bleibt man besser allein, wir beide, Tilda, und Onkel Sigi, ohne den Ärger und ohne und das da alles.« Dabei machte sie eine unbestimmte Handbewegung.

Hucky hatte einen besten Freund. Tom Sawyer. Tom Sawyer hatte einen blöden Bruder und eine Tante, die viel weinte, weil sie sich dauernd Sorgen machte, aber eigentlich nett war. Die Mädchen in meiner Schule liebten Tom Sawyer. Tom, der mit seinem Bruder bei seiner Tante lebte und lustige Streiche ausheckte.

Ich aber liebte Huckleberry Finn, der in seiner Tonne wohnte, nichts tat, auf den Mississippi schaute und rauchte.

»Ich bitte dich, Tilda, schau ihn dir mal genau an, diesen Huckleberry, wieso eigentlich Heidelbeere, er ist wirklich nicht besonders intelligent, und wer will schon in einer versifften Tonne wohnen?«, sagte meine Mutter. »Wahrscheinlich nur Jungs oder Tildas wie du und du.«

Sie hatte recht, wie sie fast immer recht hatte, das war mir aber egal. Ich besaß keine Tonne, aber bei mir lagen schon seit Jahren meine Füße auf dem Kopfkissen, und mit den Füßen auf dem Kissen beschrieb ich mein Buch, mein aktuelles Notizbuch, weil ich auf diese Weise besser in den Himmel gucken konnte.

Jeden Sonntag in jenem Sommer liebte ich Huckleberry Finn, und genaugenommen auch während der Woche.

Samstags jedoch war Badetag. Samstags nahm meine Mutter *ihr* Bad. Nach dem Mittagessen ging sie ins Badezimmer und ließ das Wasser ein. Erst das Wasser, dann giftgrünes *Badedas*. »Bleib in der Nähe«, sagte sie. Sie sagte es jedes Mal. Ich setzte mich draußen auf die Treppe und wartete.

Ich wartete, dass sie mich rief, mir den Waschlappen reichte, *den grauen, den alten, was solls, der ist doch noch gut, stell dich nicht so an,* und mir befahl, ihr den Rücken zu waschen. *Von oben, vom Haaransatz aus, bis ganz nach unten.*

Den Geschmack von Bittermandel auf der Zunge versuchte ich runterzuschlucken; er blieb.

Jetzt stell dich nicht so an, Kind, bis ganz nach unten, und nimm ordentlich Seife, der Rücken unten kommt immer zu kurz, gleich kannst du zum Fußballplatz oder sonst wohin, und sag Onkel Sigi, er soll nicht so spät nach Hause kommen, ich kann nicht schlafen, bevor er da ist, hast du verstanden? Bis ganz nach unten, sag ich, ja, so ist gut und jetzt sieh zu, daste Land gewinnst.

Ich ließ den Lappen, den grauen, ins giftgrüne Wasser gleiten, und meine Mutter schnappte ihn sich, roch daran und nahm einen tiefen Atemzug. *Das ist der Duft von Koniferen, Kind, sagt dir das was? Koniferen?*

Ich warf einen schnellen Blick auf die Brüste meiner Mutter, die wie halbvolle Einkaufsnetze mit seltsam beweglichen, toten Tieren auf dem grünen Wasser schwammen, schüttelte den Kopf und lief wortlos aus dem Bad. Ich rannte in die Küche, um mir ein Zuckerstückchen aus meinem Geheimversteck in der Küche in den Mund zu schieben. Das Auflösen des Zuckers in meinem Mund entspannte mich sofort. Meine Mutter begann zu singen. »Koniferen, Koniferen, Koniferen muss man ehren …«. Dann lachte sie. Ich hatte während der ganzen Zeit die Luft angehalten und begann wieder zu atmen.

Meist setzte ich mich noch einen Moment auf die Treppe und ich hörte den Gesang meiner Mutter durch die geschlossene Tür. Nur die Sonne, der Wind, die Katze auf der Treppe, das alles da draußen gab mir ein Gefühl, dass die Welt noch da war. Selbst wenn es regnete. Denn ich atmete.

In jenem Sommer regnete es nicht und ich schmückte in der Nähe der Kitzelbüschchen auf dem Siedlungsfriedhof kleine Kindergräber. Die sahen so alleinig aus. Aber in diesem Sommer stellte ich mir alles, was ich tat, mit Huckleberry Finn vor.

Irgendwann stand er da.

Er stand einfach da, die Pfeife im Mund, die Hose verdreckt und zu kurz. Er lächelte mit seinen Augen. Und das wars.

Er hatte sofort die besten Ideen. Wir stahlen Blumen und die gute Muttererde von den großen, gepflegten Alte-Menschen-Gräbern, den Gräbern, die nie Besuch bekamen und trotzdem schön geschmückt waren.

»Die Leute gehen nich' gerne zu alten Leuten«, sagte Huckleberry Finn. »Vor allem nich' auf Friedhöfen. Die wollen nich' an ihren eigenen Tod erinnert werden.« Ich wollte wissen, woher er das weiß, und er sagte: »War schon immer so.«

Ich verstand das nicht, ich mochte den Tod. Er beruhigte mich.

Wir legten kleine Zettel auf die Gräber: *Es ist für einen guten Zweck!*

Dann schmückten wir die Kindergräber. Das waren die schönsten Stellen auf dem gesamten Friedhof. Ich hätte sie gern jemandem gezeigt, wusste aber nicht, wem.

Immer, wenn wir ein alleiniges Grab schön gemacht hatten, fühlten wir uns drei Tage wie auf einem Schwebebalken. Einmal in diesem Sommer lag ein großer Zettel auf einem der frisch geschmückten Gräber: *Hör auf damit.*

Die Leute, die diesen Zettel geschrieben hatten, wussten nicht, dass ich gar nicht allein war. Hucky und ich schmückten einfach weiter und trieben uns rum, auf dem Friedhof und den Wiesen mit den Sanellablumen unten am Fluss.

Wir saßen an unserem Mississippi. Huckleberry Finn und ich. Wir saßen einfach nur so da und schauten auf den großen, trägen Fluss, ungekämmt, barfuß. Hucky rauchte sein Pfeifchen. Wir schauten den Schiffen zu, ohne weg zu wollen.

Tom Sawyer ließen wir seine lustigen Streiche spielen. Lustig ist ein Wort, das ich nicht ausstehen kann.

Einsame Inseln

Wenn Onkel Sigi zu Frau Brockmann ging und Gudrun auf ihrer Treppe saß, sah er Gudrun nicht an. Erst, wenn er an ihr vorbei war, schaute er sich um und betrachtete sie mit vorgeschobenen Lippen. Gudrun stand auf, strich sich den Rock glatt und machte sich mit ihrem Fahrrad auf den Weg zu meiner Mutter. Sie schaute sich nicht um. »Ein Gesicht wie eine einsame Insel. Schönheiten müssen gemalt werden, Tilda«, sagte Onkel Sigi leise.

»So ein Unfug, einsame Insel. So vielen Jungs, wie die schon ihr Türchen gezeigt hat, das kann man gar nicht zählen. Mit deinem Drang, Sigi, da wirst du dir noch schwer die Finger verbrennen. Was willst du damit?«, rief meine Mutter. »Treibst dich bei den Siedlungs-Flittchen und den anderen Halbstarken in den Kitzelbüschchen rum. Kitzelbüschchen, das ist was für die dunklen Lords aus der Raucherecke. Für die bist du längst ein alter Sack, mein Bruder. Na gut, das mit der Schönheit … stimmt ausnahmsweise«, sagte meine Mutter und schaute mich mit schmalen Augen an. »Meine Güte, was war ich ein Feger, als ich in deinem Alter war, Schätzchen. Aber, du hast wirklich nichts von mir, nicht mal die Oberarme. Ich weiß nicht, ob das mit dir und der Schönheit noch was wird, Kind«, klagte sie.

Sie stellte sich hinter Onkel Sigi und schaute ihm über die Schulter, sah in den kleinen Spiegel in unserer Küche. Den Spiegel über dem Waschbecken, da, wo Onkel Sigi sich rasierte, und ein Liedchen pfiff. »Rot ist die Liebe« von Vicky Leandros pfiff er. Meine Mutter summte leise. Onkel Sigi lächelte.

Ich habe Gudrun manchmal bei den Kitzelbüschchen-Lords gesehen. Man sah dort auch ihren Vater herumkurven. Er suchte Gudrun. Er schob das Mofa, schob es über staubige Wege, durch dichtes Gebüsch, es war ihm egal. Er war mit

Suchen beschäftigt. Manchmal fand er sie. Er hat mich ab und zu gesehen und schaute durch mich durch, wie er durch alle hindurchschaute. Oft hatte er nasse Schuhe. Selbst sonntags, wenn wir vor dem Fernseher saßen, trug er Schuhe, die immer ein bisschen feucht waren. Das konnte man sehen.

»Hatte er schon immer. Nasse Schuhe, Tilda. Selbst früher, beim Tanzen. Immer nasse Schuhe. Wenn der sonst nix hatte, nasse Schuhe gingen immer bei dem rostroten Heinz. Ich nehme mal an, er hat mittlerweile auch rostrote Füße. Verrostet wie sein Mofa. Dass sie den auf dem Pütt überhaupt genommen haben, mickerig wie der ist. Die nehmen eben alles. Sogar die Pollacken. Immer mehr Pollacken.« Dass unsere Familie aus Pommern gekommen ist und wir auch Pollacken waren, das war was anderes.

»Aber, mal ehrlich, der Brockmann macht sich Sorgen, der kurvt zu Recht«, meinte meine Mutter. »Die Gudrun macht zu schnell das Türchen auf. Ruck zuck hat die den Kittel aus. Das wissen die Jungs, und das ist nicht gut für das Mädchen. Gar nicht gut. Das ist schlecht für den Respekt.« Meine Mutter legte sich die Kunstfellstola zurecht und zündete sich eine Zigarette an.

»Nun ja, sie ist fast achtzehn und *ich* war auch ein Feger. Aber wählerisch. Das muss sein, sonst leidet der Respekt. Merk dir das, Tilda. In den Kitzelbüschchen hat sich übrigens schon immer die Siedlungsjugend getroffen, das ist normal. Man kriegt dort Vieles mit. Zum Beispiel, dass alles nix nützt, alles seinen Preis hat. Es sei denn, du gehst früh genug weg. Dann hast du den Preis selbst bestimmt. Die Gudrun, die wird nicht gehen, was ich dir sage, die wird bleiben und die gleichen Fehler machen wie ihre Mutter. Sie wird irgendeinen Flappmann heiraten und sich einen anderen Flappmann zum Liebhaber nehmen, einen, der ein bisschen weniger blöd ist vielleicht. Sie wird Wollmäuse zählen lernen, so wie ich Wollmäuse zählen gelernt habe. Das ist der Lauf der Dinge, da kann man nichts machen. Es sei denn, man geht früh genug weg, was sagste, Sigi?« Sie schaute ihn an, mit wippendem Kinn. Das machte sie immer dann, wenn was dahintersteckte. Ich wusste nicht, was, und Onkel Sigi sagte nichts. Energisch drückte meine Mutter ihre Zigarette aus.

Onkel Sigi war fertig mit seiner Waschbeckenorgie, gab ihr einen Kuss, warf noch einen Blick in den Spiegel, lächelte mich an und verschwand in die Nacht.

Ich fragte meine Mutter, warum ausgerechnet Gudrun die Einzige ist, die zu uns kommt, warum Gudrun uns so regelmäßig besucht. Sie gab mir darauf keine Antwort. Sie schwieg einfach und rauchte etwas schneller. So wie sie schwieg, wenn ich sie auf meinen Vater ansprach. »Dein Vater geht dich nichts an«, ranzte sie. »Der ist bei deiner Geburt gestorben. Weg war er.« Ganz zärtlich und leise lachte sie, auf eine Art, die mir unheimlich war.

In einem der Bücher meiner Mutter hatte ich einmal eine Formulierung gelesen, die mir gefiel: »Das Schweigen war laut.« Meine Mutter meinte dazu: »Blödes Klischee, du liest die falschen Bücher, Schätzchen. Aus welchem Schmöker hast du das denn?« Ich mochte es nicht, wenn sie mich Schätzchen nannte, und ich hoffte in diesem Moment, dass meine Mutter so alt werden würde, dass sie irgendwann vergaß, dass sie mich nicht leiden konnte.

Mitte des Sommers verlor Gudrun bei den Kitzelbüschchen ihre Brille. Herr Brockmann kurvte und kurvte, um sie zu suchen, die Brille. Ohne Brille war Gudrun »ein Nichts«.

Als Gudrun ein paar Tage später zu meiner Mutter kam, hatte sie ihre Brille wieder, sie war mit einem Kaugummi repariert.

»Was ist damit, hast du dich draufgesetzt? Und, wer hat sie gefunden?«, fragte meine Mutter.

Gudrun lächelte.

»Immer viel zu schnell das Türchen auf«, murmelte meine Mutter. »Nein. Gudrun ist eine, die bleibt«, redete sie weiter. »Alles andere würde ich ihr wünschen, würde mich aber wundern. *Du* musst hier irgendwann weg, du musst dich auf jeden Fall vom Acker machen, Tilda! Versprich mir das. Solange aber bleibst du hier, für immer.« Sie lachte. Ich nicht. Sie schaute Onkel Sigis Schritten hinterher. Ich auch.

Esmeralda, das Rummelplatzmädchen

Onkel Sigi war immer gut gelaunt, und wenn er besonders guter Laune war, meist beim Rasieren in unserer Küche, erzählte er *seine* Geschichte. Ich freute mich, denn er erzählte diese Geschichte, weil er wusste, dass ich sie gern mochte: »Sie war die Schönste von allen.« Das war immer der erste Satz.

Ich machte es mir auf dem Sofa bequem und lauschte seiner tiefen Sigi-Stimme.

»Sie war ein wenig älter als ich und eine echte Zigeunerin. Sie hieß Esmeralda.«

»So ein Blödsinn«, rief meine Mutter an dieser Stelle dazwischen, »den Namen hat er sich ausgedacht, der spinnt doch, der muss mal zur Vernunft kommen und seinem Vögelchen Wasser geben. Die hieß Bärbel Bock und hatte ihre besten Tage schon hinter sich, Bärbel hieß die oder schlimmer.« Das war immer der erste Einwand meiner Mutter. Sie rührte aufgebracht in der Suppe, und ihre Sätze krochen in Töpfe, Tassen und ins Sofa. Unser Sofa ist mit den Jahren immer kleiner geworden von ihrem Lautsein, ihrer Wut und ihrer verkehrtrummen Liebe. So hat Onkel Sigi mir ihre Wut einmal erklärt. Als verkehrtrumme Liebe.

Ich saß auf dem Sofa und mein Nacken wurde nur ein bisschen steif, meine Finger auch, und ich begann mir ein paar Zuckerstückchen aus der Sofaritze zu pulen. Das war es, was mich beruhigte, wenn meine Mutter außer sich war und selbst Onkel Sigi sie nicht beruhigen konnte. Mir ein oder zwei Zuckerstückchen in den Mund zu schieben.

Onkel Sigi ließ sich durch meine Mutter nicht irritieren. Ich wollte das auch können. Ich wollte hinhören und keine Angst mehr haben vor ihrer verkehrtrummen Liebe. Ich wollte genau hinhören und nicht taub werden von der lauten Stimme meiner Mutter: »Esmeralda? Du spinnst ja!«

»Man heißt so, wie man will«, sagte Onkel Sigi. »Esmeralda.«

Er nahm einen Schluck aus der Bierflasche. »Sie war ein echtes Rummelplatzmädchen.«

»Von wegen Mädchen, die ging schon stark auf die dreißig«, berichtigte meine Mutter.

Ihre Stimme bekam eine plötzliche Sanftheit. »Esmeralda, Bärbel oder beide – sie liebten Onkel Sigi. Du warst zart, Sigi, warst schön damals, damals, als du jung warst. Du sahst aus wie der ganz frühe James Dean«, schwärmte meine Mutter, und schaute in den Spiegel. »Mit deinem Aussehen standen dir alle Türen offen.«

Ich wusste nicht, wer James Dean war, und fand das auch.

Onkel Sigi nahm einen zärtlichen Schluck aus der Flasche und sah mich an.

»Esmeralda zog mit ihrer Familie durch die großen Städte der Welt.«

Meine Mutter verdrehte die Augen.

Onkel Sigi aber sprach weiter. »Sie machte im Zirkus die Kasse, verkaufte Lose und nähte die Kostüme. Sie war eine Frau von Welt. Kein Mann konnte ihr Herz je erreichen, sie wies alle ab. Es machte ihr zu schaffen, dass ihre Braut-Uhr tickte, aber sie wollte niemanden. Irgendwann stand *ich* an der Losbude, Esmeralda schaute mich lange an, schenkte mir erst ein Lächeln und dann eine Handvoll Lose.

Klaus, der Kettensprenger, hatte schon so lange ein Auge auf sie geworfen oder auch zwei. Das wusste ich damals noch nicht. Er trat mir von hinten in die Hacken und flüsterte mir ins Ohr: ›Verpiss dir, Kleener, sonst gehn wa Nüsse knacken‹. Aber Esmeralda jagte ihm einen Blick hinter die Binde, der sich gewaschen hatte, und er trollte sich. Am nächsten Tag fuhren wir mit meinem Moped durch das Umland der Siedlung, sogar über den Schlackenberg fuhren wir, liefen über die Wiesen und Felder. Hand in Hand. Das taten wir einen ganzen Sommer lang. Da konnte selbst der Kettensprenger-Klaus nichts machen.«

»Einen Sommer lang?« Meine Mutter verdrehte die Augen. »Drei Tage war'n die da. Und da saß die Bärbel an der Kasse und hat Lose verkauft. Drei Tage. Maximal. Dann sind die nach Italien.«

Onkel Sigi ließ sich nicht beirren: »Als der Sommer vorbei war, wollte sie, dass ich mitkomme. ›Komm mit uns, bleib nicht hier. Bei uns gibt es immer Arbeit, und wir bleiben zusammen, für immer.‹ Das hat sie gesagt.« Onkel Sigis Stimme bekam noch mehr Glanz. »Weißt du, Tilda, am Morgen, als sie weiterzogen, die Rummelplatzleute, da stand ich mit gepackten Koffern am Straßenrand, gleich neben dem Monte Schlacko. Und, hör zu, Tilda, alle Wagen hielten an, nur wegen mir. Das muss man sich mal vorstellen.« Er machte eine Pause. »Aber ich bin nicht eingestiegen. Einfach nicht eingestiegen. Esmeralda stand in der Tür ihres Wohnwagens, mit diesem roten Kleid und den schwarzen Haaren. So stand sie und hat mich einfach nur angesehen. Aber wie sie mich angesehen hat, Tilda. Das kann man gar nicht beschreiben. Voll glühender Leidenschaft und ohne Mitleid.« Onkel Sigi sah auch *jetzt* aus wie jemand, der nicht eingestiegen wäre. Meine Mutter schnaubte. »Meine Güte!«

Onkel Sigi machte eine Pause.

»Ich bin einfach nicht eingestiegen, Giraffe. Ich habe sie geliebt und sie mich auch. Und die Zirkuswagen sind wirklich lange dort gestanden, die Leute haben gewartet, mit laufenden Motoren, haben gewartet, dass ich einsteige. Ich hatte ja alles dabei. Sie haben gehupt und gewunken. Nur *sie* hat nichts getan. Sie stand in ihrer Wohnwagentür und hat mich nur angesehen. Irgendwann hat sie sich umgedreht und die Tür geschlossen.« Onkel Sigis Blick bekam etwas Verschleiertes.

»Ich bin noch lange dort gestanden, Tilda«, flüsterte er, »dann bin ich zurück.« Onkel Sigi schaute auf meine Mutter, auf ihren Kittel und ihre verklebten Haare.

»Du bist ja vollkommen verblödet«, schrie meine Mutter und drehte sich mit dem Holzlöffel in der Hand zu mir, »ich habe auf ihn eingeredet, habe zu ihm gesagt: ›Sigi, geh, hau ab, geh mit der Bärbel, sieh zu, dass du Land gewinnst. Hier ist nichts zu holen für dich. Außer ein paar jungen Weibern, die immer dicker werden und dösig bleiben, eine wie die andere, ist hier nichts zu holen!‹« Sie holte tief Luft: »Du, Sigi, du hattest deine Chance, aber du warst zu feige und zu blöd«, murmelte meine Mutter. »Du hast einfach nix verstanden. Da konnte auch *ich* nichts machen! Jetzt hat die Bärbel einen Arsch voll kleiner Klausis und du steigst verheirateten Weibern nach, so sieht's doch aus.«

Meine Mutter warf eine Handvoll Kartoffeln in den brodelnden Topf.

»Meinetwegen hättest du nicht hierbleiben müssen. Das redest du dir ein. Ihr seid *beide* vollkommen verblödet«, rief meine Mutter grimmig, zeigte mit dem Löffel auf mich, fauchte und kniff ihre Augen zusammen. »Der eine lügt sich eine romantische Liebesaffäre mit dieser Bärbel zurecht. Die andere hängt ihr Herz an einen Lumpenkerl aus dem Fernsehen. Einen Obdachlosen! Ich will euch mal was sagen, ihr beide seid schlimmer als die Katholiken mit ihrem Holzkreuz. Viel schlimmer.«

Sie zog ihre Schürze aus und warf sie zu mir aufs Sofa. »Hör auf zu pulen!« Ich zuckte zusammen und machte weiter. Hinter meinem Rücken. Ganz zart. Das Pulen war schön. Das Pulen war noch schöner als draußen das leise Zwitschern der Vögel. Das Pulen war weich, weich wie eine Kunstfellstola.

Meine Mutter schaute Onkel Sigi an. Der saß vollkommen unbeteiligt auf seinem Platz, nur sein linkes Bein wippte. Er stand auf und ging aus der Küche.

Der Unterrock mit dem Fettfleck, der aus dem Kittel lugte, und das Schulterzucken, der Geruch im Haus. Zigaretten, ein leichter, salziger Schweißgeruch, der Geruch nach Maggi und der Mief, der aus dem Sofa kam. Das alles gehörte zu meiner Mutter. Zu mir gehörte das nicht.

Meine Mutter schaute kurz zu mir hinüber, zuckte mit den Schultern, wie nur sie es konnte. Nachlässig und nebenbei war das, so wie der Fleck an ihrem Unterrock.
    In ihrem Schulterzucken habe ich mich kurz selbst gesehen. Wo ich herkomme. Wo alles hingehen wird. Nirgendwohin nämlich.
    Wenn ich nicht aufpasse.

Herzkrankes Win-win

Unter der Woche begab sich Onkel Sigi morgens zu Frau Brockmann, die immer erst gegen Mittag aufstand und bis dahin herzkrank in ihrem abgedunkelten Zimmer lag. Dass sie herzkrank war, das hatte Gudrun mir erzählt, als ich wissen wollte, warum ihre Mutter so lang im Bett lag.

»Herzkrank? Der Sigi macht mit ihr, was sie will, so sieht es doch aus«, pflegte meine Mutter zu sagen.

»Und, nun ja, mein Bruder ... Er hat halt diesen Drang, der geht nicht weg, dieser Drang, der hat's in sich, und deshalb geht er zur Lügen-Hilde, das muss man verstehen.« Ihr Blick verdunkelte sich. Meine Mutter nannte Frau Brockmann immer die Lügen-Hilde.

»Dieses Weib. Sie will das so. Hör zu, Tilda, bei einem Mann gibt es eben Dinge, die wegmüssen. Sonst werden die komisch. Und, mal ehrlich, beim Sigi, das ist etwas anderes, wo soll der Sigi denn hin mit seinem Drang«, lenkte sie das Gespräch wieder in die richtige Richtung. »Hier ist ja sonst nix. Und die Brockmann will das, was wegmuss, haben. So einfach ist das. Das nennt man Win-win-Situation. Das war schon immer so.« Ich wusste nicht, was Frau Brockmann genau von Onkel Sigi wollte.

»Der Onkel Hermann war anders«, raunte meine Mutter. »Der wollte immer weit weg. Und der hatte die Eier dafür. *Das* war ein Bruder.«

Ihre Stimme hatte einen müden Klang.

Wenn Onkel Sigi morgens zu Frau Brockmann ging, gaben sich Herr Brockmann und er die Klinke in die Hand, und Herr Brockmann fuhr die Kinder in den Kindergarten oder sonst wohin, kam zurück, holte sein Mofa. Er ging nicht ins Haus, er holte nur sein Mofa und fuhr auf Schicht oder wieder sonst wohin. Der rostrote Heinz wusch die riesigen Wohnwagen einer Autofirma in der Nähe unserer Siedlung, damit sich seine Frau an den Samstagen neue Haare leisten konnte.

Ab Mittag, wenn Frau Brockmann das Bett verließ, machte er den Haushalt und er machte die Kinder, die er mittags aus dem Kindergarten oder von sonst woher holte, nur Frau Brockmann machte er nicht. Ich habe Gudrun einmal gefragt, ob sie wüsste, warum ihr Vater, wenn Onkel Sigi kommt, immer mit seinem Mofa rumfährt.

Erst hat sie nichts gesagt, hat ihre Strümpfe ausgezogen und sich auf die Treppe gesetzt. Sie hat mir ihre Zehen gezeigt. Gudruns Zehen waren normal.

Nachdem Gudrun mir ihre Zehen gezeigt hatte, wollte ich sehen, wo sich Herr Brockmann seine nassen Füße holt. Ich wollte die Wohnwagen sehen.

Brombeernest

In diesem Sommer baute ich mir auf dem Schlackenberg eine Bude. Außer mir und Huckleberry Finn kannte die Stelle niemand. Eigentlich war es nur ein riesiges Knäuel aus stacheligem Gestrüpp. Nicht einmal ein Obdachloser oder ein Hund hätten sich dahin verkriechen können, wegen dem Knäuligen. Aber ich wusste, wie man sich klein macht, ohne sich wehzutun. Das Knäulige musste bleiben, damit keiner merkte, was es eigentlich war. Mein Nest.

Ich besorgte mir Handschuhe und einen alten Overall von Onkel Sigi und baute diese unsichtbare Hütte. Aus zwei weggeworfenen Wachstischdecken bastelte ich ein Dach. Wenn es regnete, tröpfelt es nur ein bisschen. Das würde mir nichts ausmachen. In diesem Brombeernest wartete ich auf den Regen, und in der Zwischenzeit schrieb ich alles auf. Richtiges und Erfundenes, manchmal hörten sie mittendrin auf, die Geschichten. Das war egal. Geschichten sind immer wahr, auch wenn sie mittendrin enden.

Es war einmal ein Gotteshaus in einem kleinen Dorf, in einem winzigen Land. Dieses Land war umringt von pechschwarzem Wasser. Das Land war also eine Insel. Das Gotteshaus war riesig und viel zu groß für einen so kleinen Ort. Es sah aus wie eine Kirche in einer großen Stadt, in einem großen Land. Jeden Sonntag lief ein Pfarrer in diesem winzigen Land mit seinem wehenden Mantel durch das kleine Dorf und sammelte die Dorfbewohner ein, damit sie in die riesige Kirche auf der winzigen Insel zum Gottesdienst kamen. Viele Jahre waren die Menschen brav und folgten dem Pfarrer und hörten seinen langweiligen Predigten zu oder taten so. Nur ein kleines Mädchen, hübsch anzusehen, blieb immer zu Hause. Eines Tages, an einem stürmischen Sonntag im Herbst, blieben alle Türen zu. Der Pfarrer war außer sich und schlug an jede Haustür, aber sie blieben verschlossen, und der Pfarrer musste seine Messe alleine halten. Fast. Der Kirchendiener und ein kleines Mädchen mit einer Fliege um den Hals und einer zu kurzen Hose hörten ihm zu oder taten so. Die Stimme des Pfarrers wurde während der Predigt immer leiser und einsamer. Zu Hause ging er erst in die Küche, danach in sein Schlafzimmer. Er legte sich aufs Bett und stand nie wieder auf. Die Messe wurde von nun an von dem kleinen Mädchen gelesen. Sie hatte ein Buch und daraus las sie vor. Das machte die Menschen über alle Maßen glücklich.

Wenn eins der Notizbücher vollgeschrieben war, versteckte ich es in einer Holzkiste aus Ahorn.

Es regnete den ganzen Sommer nicht.

Hasta la vista

Frau Brockmann hatte eine Hündin und zum Wochenende hin eine Hochsteckfrisur. Die Hündin hatte einen hässlichen Dauerhusten, war dauernd trächtig und bekam immer viele Jungen. Die wurden verschenkt oder ertränkt. Die Hündin biss, wenn sie gereizt wurde. Man sollte sich ihr besser nicht nähern, sagte Frau Brockmann. Einmal bin ich zu der Hündin hingekrochen. Ganz leise bin ich auf dem Boden zu ihr hingekrochen, um mir ihre Jungen anzuschauen. Die hässliche Hündin hatte lange Zitzen, und Frau Brockmann hetzte das Tier auf mich. Sie hat »Hasta la vista« gesagt, und die Hündin hat gebissen. Sie hat mich in die Hand gebissen. Da war man selber schuld. Auch am Blut. Die Jungen der Hündin haben gefiept. Frau Brockmann lachte.

»Wie eine Zigeunerin sieht sie aus«, raunte Onkel Sigi mit diesem Ton in der Stimme. »Wer jetzt, die Hündin? Nein, Brüderchen, wie eine verlogene, verlebte Lügen-Hilde sieht sie aus. Sie sieht aus wie eine Frau, die *versucht,* auszusehen wie eine Zigeunerin«, korrigierte meine Mutter, die an Hilde Brockmann kein gutes Haar lassen konnte.

Meistens war Frau Brockmann sehr schön. Manchmal nicht. Da roch sie nach Jägermeister. Das hatte Onkel Sigi mal meiner Mutter erzählt. Er kam dann früh und enttäuscht von Frau Brockmann zurück. Noch vor dem Mittag. Und meine Mutter hat durch die Nase geschnaubt und »Schlampe« gerufen. Onkel Sigi hat auf die Schnapsflasche geschaut, die auf der Anrichte stand, sagte aber nichts. Meine Mutter bemerkte das und rief: »Sie ist jünger als ich, die kann sich mal zusammenreißen, das Miststück!«

Wenn Frau Brockmann schwanger war, war sie noch schöner, vor allem, wenn das Kind später Onkel Sigis Zehen hatte. Meine Mutter spekulierte vor jeder Geburt darüber, welche Schönheit Frau Brockmann wohl gerade hatte. Die große

Schönheit *mit* den zusammengewachsenen Zehen oder die kleine *ohne*. »Die große Schönheit ist besser für alle, dann lacht die Lügen-Hilde und ist froh, nur der rostrote Heinz nicht«, rief meine Mutter in ihrer Küche, rührte im Soßentopf und schüttelte den Kopf. Es roch dann nach Maggi. Ich mochte das. Die Zigarette klebte an ihrer Lippe. Sie blieb immer kleben beim Sprechen, nie fiel sie runter. Auch nicht ins Essen. Nie. Höchstens fiel ein bisschen Asche. »Das vertanzt sich. Das lernt man irgendwann, Tilda, dass die Kippe nicht runterfällt, das lernt man, wenn man lange genug die Männer in den Kantinen dieser Welt bekocht hat. Das lernt man, wenn man keine Pausen kennt. Das Leben ist eine heiße Küche, Tilda, merk dir das«, sagte sie noch, »ich weiß, wovon ich rede.« Sie blickte in den Küchenspiegel und zupfte sich gekonnt ein langes schwarzes Haar vom Kinn.

»Der rostrote Heinz«, nahm sie den Faden wieder auf, »der ist ein Heiopei, lässt seine Frau machen, was sie will, und er schaut in die Röhre.«

Meine Mutter war schön, wenn sie keine Fluppe im Mund hatte, wenn sie nicht rauchte. Sonntags war das. Sonntags konnte man genau sehen, wie jung meine Mutter einmal gewesen war. Sonntags war meine Mutter die schönste Frau der Welt. Schwarzhaarig und silbrig war sie dann.

Ich war bleich-blond-verwaschen. Flusen. Ohne Frisur.

Lange schwarze Pinsel

Die Woche über, wenn Onkel Sigi bei Frau Brockmann fertig war, fuhr er in seine Werkstatt, schraubte und nachmittags malte er. Abends ging er ein Stündchen in den Kaiserhof.

Wenn Onkel Sigi malte, dann malte er in unserer Küche. Meine Mutter kochte, ich saß auf dem Sofa. Hin und wieder drehte sie den Kopf und machte eine Bemerkung zu der Farbgebung auf den Bildern, aber nie dazu, *was* er malte. Er malte das Rummelplatzmädchen von damals. Er malte Esmeralda. Meine Mutter hatte sie mal gesehen, damals, als sie noch aus dem Haus ging. Sie ging manchmal auf den Rummel, abends, als alles noch nicht so schlimm war. Sie ging auf den Rummel wegen der Zuckerwatte und wegen allem.

Onkel Sigi malte Esmeralda, er malte sie mit einem langen schwarzen Pinsel, er malte sie mit ihren langen schwarzen Haaren und immer sah man eine Brust. Die kam aus dem roten Ausschnitt gewölbt. Immer nur eine, die andere blieb im Kleid.

Er malte immer die rechte Brust. »Die andere war kleiner«, sagte Onkel Sigi. »Ha, da wäre ich gerne dabei gewesen«, rief meine Mutter. »Woher willst du das wohl wissen, du Feigling?« Aber Onkel Sigi strahlte seine Schwester an und kniff mich in die Wange. »Sie war die Schönste von allen.«

Sigi stand mit dem Pinsel in der Hand in der Küche und schaute ihn sich aufmerksam und genau an. »Wir haben ein schönes Leben«, sagte er.

»Der spinnt. Im Sich-was-Vormachen ist der Sigi unser Siedlungskönig«, sagte meine Mutter kopfschüttelnd in Onkel Sigis Richtung, und in ihren Mundwinkeln war ein Hauch von irgendwas zu sehen.

Sonntags ging er nicht zur Lügen-Hilde. Sonntagnachmittags gingen Onkel Sigi und ich zu Familie Brockmann. Dort schauten wir gemeinsam *Tom Sawyer und Huckleberry Finn*, und meine Mutter hatte ihre innere Ruhe.

Lange wusste ich nicht, was meine Mutter an den Inneren-Ruhe-Sonntagen tat. Als ich es wusste, träumte ich davon. Tagsüber und auch nachts. Was, habe ich vergessen.

Nach dem Stillen

Nach dem Stillen schlief das Jüngste und lag in Frau Brockmanns Armen. Während wir auf den Fernseher schauten, war es ruhig, keiner sagte ein Wort. Immer war es Gudrun, die aufstand und den Fernseher ausschaltete. Das war um 16:15 Uhr.

Nach dieser Dreiviertelstunde, wenn der Fernseher von Gudrun ausgeschaltet wurde, fing Onkel Sigi an, vor sich hinzupfeifen, das war das Zeichen zum Aufbruch. Herr Brockmann öffnete die Tür, die Gruppe löste sich schnell auf, der Raum leerte sich, bis auf Frau Brockmann, das Jüngste und Onkel Sigi. Onkel Sigi, der sich kurz über das Kind beugte, es anschaute und nichts tat. Ich wartete in der Tür, bis Onkel Sigi fertig war mit Beugen und Schauen. Dann gingen wir.

Gemeinsam liefen wir durch unsere Siedlung zum Kaiserhof, Onkel Sigis zugequalmte Lieblingskneipe.

»Wichtig ist es, zu schauen. Dafür braucht man Zeit, Giraffe. Kinder sind zum Anschauen. Frauen zum Anschauen *und* Anfassen, Tilda. Frauen wollen angeschaut, angefasst und gemalt werden«, zählte er auf. »Angefasste Frauen werden sanft und lachen, dadurch werden sie schön. Alle Frauen werden dadurch schön, selbst die hässlichen. Das haben die Männer verlernt. Frauen sanft und schön machen.« Er pfiff durch die Zähne. »Wir Männer haben es in der Hand. Wissen die wenigsten. Habe ich erst lernen müssen. Ich hab' Glück.«

Später ergänzte meine Mutter das Ganze noch: »Frauen wollen vor allem zugehört werden. Aber das kannste ja. Nur für den Rest fehlt dir was, kleiner Bruder.«

Ich fand, dass auch ich Glück hatte.

Der Siedlungschor

Die Männer im Kaiserhof waren sonntags friedlicher Stimmung. Die Trinker und die ohne Frauen, die Einsamen, saßen an der Theke, starrten in ihre Gläser und schabten sich den Schweiß mit einem Bierdeckel von der Stirn.

Die anderen saßen an den Tischen, qualmten und spielten Karten.

Ich half hin und wieder in der Küche aus. An einigen Tagen in der Woche kellnerte dort Gina. Sie war ein paar Jahre älter als ich. Gina, mit ihrem lauten Lachen, den blauen Haaren und ihrem fehlenden Vorderzahn, ihren grauen Wasseraugen, die Bildung hatten und alles durchschauten. Ich trieb mich dort herum wegen ihr, auch wenn ich gar nicht zum Küchendienst eingeteilt war, und ich konnte es manchmal bis Mitternacht herauszögern, bevor Gina bemerkte, dass ich noch da war, und mich durch die Nacht nach Hause schickte: »Ab ins Bett, das hier ist nichts für dich. Im Übrigen passiert nix.«

Aber genau das wollte ich. Sehen, was *nichts* für mich ist. Ich wollte sehen, *was* nicht passierte.

In der Küche gab es eine Nische zwischen Kühlschrank und Gastraumtür. Die Tür stand immer offen, wegen der vielen Teller, die auf einem Arm balanciert werden mussten. Und so konnte ich den Worten an der Theke lauschen und den Gesprächen am Geheimniskrämertisch. Das war der wichtigste Tisch im Kaiserhof. Der Tisch, an dem sehr leise gesprochen wurde. Aber auch die leisen Gespräche des Siedlungschors konnte man verstehen, wenn man gut hinhörte. Und genau das tat ich. Meist wurde über die Aufstellung des nächsten Fußballspiels geredet oder wer wieder schwanger war, und man wusste nicht genau, von wem.

An diesem Sonntag aber ging es um etwas anderes, es ging um *damals*. Ich rutschte in meiner Nische langsam in die Hocke und lauschte dem Raunen des Siedlungschors.

Sie wird dem doch immer ähnlicher.
 Das ist eben Verwandtschaft.
 Original.
 Und sie hat auch diese »Ich hau bald ab, ihr werdet schon sehn«-Augen.
 Hatte er auch.
 Eben.
 Die Kitzelbüschchen ... dass sie da immer rumrennt, das hat sie von ihrer Mutter.
 Bis zur Tanzfläche soll man die ja damals gehört haben.
 Ich hab nix gehört.
 Was denn?
 Damals, die Schreie von ihr.
 Die Scheiße, von der du hier redest, die hat aber einen sehr langen Bart.
 Trotzdem. Irgendjemand hätte den mal in die Mangel nehmen müssen.
 Warum hat man den damals eigentlich nicht angezeigt?
 Dann wäre der in den Knast gekommen.
 Nee, natürlich war ich nicht dabei, Blödmann, ich hab aber davon gehört!
 Ist auch egal, haben eh alle gewusst. Alle habens gehört. Die Schreie. Alle, die hier warn.
 Was hätte man denn machen sollen.
 Ich hab nix gehört.
 Ich war auch nicht hier.
 Es waren andere Zeiten.
 Früher ... war eben damals.
 Nochn Bier. Und nochn Schnaps.
 Kathi!

Dann klirrten die Biergläser, und ich konnte nichts mehr verstehen. Ich saß in meiner Nische und machte mich ganz klein. Mir war kalt.

Kathi hatte mir mal erklärt, dass die Art, wie die Gäste ihre Biere tranken, ihren Charakter zeigte. »Es gibt die Hastigen, die müssen zwei, drei Gläser kippen, erst dann werden die ruhiger. Es gibt die, die ihr Gläschen genießen und es gibt die, die den ganzen Abend vor einem Bier sitzen und mit der Plörre schal werden, das sind die Schlimmsten.«

Jetzt aber saß ich in der Nische und die Aushilfe hatte mich entdeckt. »Warum hat denn die Frau geschrien, damals«, fragte ich sie.

Die Aushilfe guckte auf mich runter, schluckte kurz und sagte: »Was machst du da, dummes Blag? Bist du still, ab nach Hause, und zwar schnell. Das hier ist nichts für dich.«

Dann lief sie nach vorne und sagte etwas zum Siedlungschor. Was, konnte ich nicht verstehen. Der Siedlungschor schaute in meine Richtung und verstummte.

Ich schob mich langsam hoch und stand noch eine Weile in der Nische an die Wand gedrückt, bis ich rausgeschubst wurde: »Geh endlich«, sagte die Kathi.

Alle Aushilfen damals hießen Kathi. Damals. Immer Schon.

Manchmal, wenn der Siedlungschor noch nicht da war, setzte ich mich an den Geheimniskrämertisch und schaute in den Spiegel hinter dem Tresen. Mir blickten die Gesichter der Siedlung entgegen. Einige waren grau. Andere noch schlimmer.

Am Ende des Gastraumes hing ein vergilbtes Foto der »Drei Terzinos« an der Wand. Ich konnte es von meinem Platz aus nur erkennen, weil ich es wusste. Das Foto wurde hier im Kaiserhof geschossen. Früher ging es an diesen Abenden um alles. Das konnte man sehen. Ich mochte das Foto. Man ahnte Zigarettenrauch und Sich-in-den-Maibüschen-in-den-Armen-liegen. Onkel Hermann mit seiner Gitarre, meine Mutter singend in der Mitte und Onkel Sigi mit siebzehn.

Wenn meine Mutter in unserer Küche in diese Geschichte eintauchte, ging ein Ruck durch ihren Körper und sie leuchtete. »Die Drei Terzinos, so hießen wir, das war unser Name, und das stand auch in allen Zeitungen. An den Wochenenden haben wir die Tanzclubs aufgemischt, da klebte Senf an der Decke.«

Sie sprach vom Qualm der Zigaretten und tanzenden Menschen, kreischenden Frauen in Petticoats, Männern mit James-Dean-Tolle und schmalen Schlipsen. Sie sprach von Mündern, die nach Schnaps und Küssen riefen und Menschen, die für ein paar Stunden alles vergaßen. Sie redete sich in Rage, sie strahlte.

Nur manchmal zitterte ihr Mund.

»Jetzt wird im Kaiserhof nur noch viel dummes Zeug geredet, getrunken und Musik von schwedischen Leuten mit grausamen Kostümen gespielt«, meinte meine Mutter. »Früher stand da ein großes Glas Soleier auf dem Tresen. Immerhin.«

Im Kaiserhof kommentierte Hilde Brockmann das Foto der Drei Terzinos mit abschätzigem Schnapsblick: »Ich sage dir, Tilda, das Foto hier, das hat gar nichts erlebt. Überhaupt nichts.« Ihr Blick bekam etwas Weiches, als sie sagte: »Unter der Linde, drüben, da habe ich meinen ersten richtigen Kuss bekommen, Tilda. Unter den hohen Bäumen, unter den Linden.«

Ihr Fuß wippte. Leise sang sie: *Und wenn es Sonntag wird, und dich dein Mäusken beißt, da weißte erst, was Liebe heißt.* Dann lachte sie ihr Lachen.

Frau Brockmann war die einzige *Frau,* die hier am Wochenende mit den trinkenden, schweigenden Männern, einen Fuß auf der Messingstange, an der Theke saß. Die anderen saßen an den Tischen, aßen was, tranken weniger, unterhielten sich oder spielten Skat.

Auf hohen Hockern saß Frau Brockmann an der Theke, der enganliegende Lurexpulli machte ordentlich Attacke, der Rock war hochgeschoben, die Frisur erst gegen Mitternacht derangiert.

Hier war sie die Siedlungskönigin, seitdem meine Mutter raus war aus dem Spiel. Bis Mitternacht war Frau Brockmann schön, danach kam es auf nichts mehr an.

Meine Mutter und Frau Brockmann waren einmal enge Freundinnen gewesen, sie hatten alles geteilt, die Kleider, die Männer und die Haarteile. Irgendwann sprachen sie kein Wort mehr miteinander. Am Tresen erzählte man sich, Hilde Brockmann hätte volltrunken ausgeplaudert, was meine Mutter unter Verschluss halten wollte. Frau Brockmann erzählte, dass der Kanada-Hermann sie angefleht hätte, mit ihm auszuwandern, mit ihm zu gehen. Sie aber hätte abgelehnt: »Was willst du von mir, ich bin verlobt. Ich bin eine verlobte Frau!«, hätte sie gerufen. Frau Brockmann kam dann in Rage. *Sie hat wieder ihre Zustände*, rief der Siedlungschor.

Meine Mutter stritt das ab. »Alles gelogen. Niemals hätte Onkel Hermann die Lügen-Hilde mit nach Kanada genommen. Niemals. Die will sich nur interessant machen, das Miststück. Der sollte man ihr Maul mit Pech auswaschen. Sowas nennt sich Freundin, diese Hexe. Die kann von Glück sagen, dass ich ... dass ich auf sowas keinen Wert mehr lege«, sagte meine Mutter. »Da müsste die aber mal schön den Hocker räumen. Da könnte die sich warm anziehen. Ja, sie hat Glück, die Alte, ich habe wirklich Besseres zu tun. Ich hatte ihr mal vertraut, ihr ein Geheimnis anvertraut, und Hilde hatte versprochen, die Klappe zu halten. Hat sie aber nicht getan. Jetzt weiß es die ganze Siedlung, das mit der Frau und den anderen Kindern in Kanada.«

Elli saß vor den Toiletten und machte keine Unterschiede. Sie putzte den Kaiserhof, wegen der kleinen Rente. Elli saß mit ihrem schlechtsitzenden Gebiss vor den Toiletten in der Nähe der Theke. Manchmal setzte sich die Lügen-Hilde auf Ellis Schoß und schimpfte über das Leben, das Drecksteil, und ihre Stimme schwamm im Schnaps.

»Sei nicht undankbar«, sagte die Elli zur Hilde, »du bist immer noch eine schöne Frau. Das können nicht alle von sich sagen. Du bist manchmal ein Miststück, das ist wahr. Aber, bei Elli und vor dem Herrgott sindse alle gleich. Vor allem die Hilde.« Dabei lachte sie und klopfte der wimmernden Hilde sanft den Rücken.

»Du liebe Güte«, murmelte meine Mutter, »ich weiß, ich weiß. Der Teufel hat diese Frau mit Zorn und Übelkeit gefüttert. Von Kind an. Die Gudrun kann einem leidtun.« Und nach einer Pause: »Erzähl weiter.«

Um Mitternacht, an den Wochenenden, kam Herr Brockmann in den Kaiserhof und setzte sich unauffällig auf den Stuhl von Elli, die um diese Zeit schon nach Hause gegangen war. Kurz bevor Hilde Brockmanns Haarteil aus der Verankerung fiel, sprudelten immer billigere Gehässigkeiten aus ihrem Mund, und sie sah aus, als würde sie jeden Moment in ihr Schnapsglas beißen. Jeder kannte ihre unverständlichen Texte und niemand hörte mehr zu. Aber sie hörte nicht auf. Sie hörte auch nicht auf, wenn ihr Mann seine Frau sachte an den Arm nahm. Sie hörte nicht auf, wenn der rostrote Heinz unter lauten Beschimpfungen und Beleidigungen seine Frau nach Hause lotste.

Manchmal lief ich hinterher, um zu hören, was gesprochen wurde. »Du dreckiges Stück Scheiße, was willst du überhaupt von mir. Du machst mir keine Kinder mehr. Du nicht!«

Frau Brockmann schlug ihren Mann mit ihrer Handtasche, wütend über sein Schweigen. Ihre Tiraden hallten noch lange durch die schwarze Straße und waren eine

Mischung aus Straßenköter-Gebelle und hochmütigen, kurzen Röcken.

Aber der rostrote Heinz ließ sich nicht beirren. Unerbittlich und schweigend führte Herr Brockmann die Mutter seiner Kinder durch die frische Luft in ihr herzkrankes Zuhause.

Irgendwann bog ich ab und lief nach Hause, schlüpfte in mein Bett, ohne dass meine Mutter es bemerkte.

Stillstellen im Kaiserhof

An den Huckleberry-Finn-Sonntagen konnte ich das Leben im Kaiserhof als Gast, also aus erster Hand erleben.

Sonntags war es so, als müssten sich die Anwesenden im Kaiserhof von den qualmenden Bier- und Schnapsorgien des Abends davor erholen. Sonntags versöhnte man sich dort mit sich selbst, ruhte aus, versuchte, nicht an morgen, an den Montag zu denken.

Sonntags bestellte Onkel Sigi sich ein Bier und für mich eine Fanta. Wenn ich auf meinem Hocker saß, die Limo vor mir, schaute ich mich um, schaute, wer alles da war. Es waren immer die gleichen Gesichter. Ich sah sie mir aufmerksam an und stellte mich still. Ich stellte mich still und sah mir die Huckleberry-Finn-Folge, die ich gerade gesehen hatte, noch einmal vor meinem inneren Auge an. Die Folge der Geschichte, die ich kurz zuvor im Fernsehen gesehen hatte. Ich schaute sie noch einmal an, mit den Details, die mir gefehlt hatten, die Details, die den Film für mich erst zu einem großen Ganzen machten. Die Details, in denen *ich* vorkam. Die Momente, in denen ich neben Huckleberry Finn am Wasser saß und auf einem Grashalm kaute, in denen ich mit Hucky bei der gottesfürchtigen Witwe am Tisch saß, damit er das alles besser aushalten konnte. Und die Momente, in denen sein Vater auftauchte und wir lachend gemeinsam das Weite suchten. Onkel Sigi ließ mir die Zeit, er wusste immer, wann ich fertig war. Das Stillstellen war dann beendet, wenn ich die Limo in einem Zug austrank. Onkel Sigi zahlte, nickte in die Runde und stand auf. Erst dann stand auch ich auf, wir verließen den Kaiserhof und gingen wieder ein Stück gemeinsam.

Onkel Sigi bog regelmäßig an der nächsten Ecke ab und sagte: »Ich muss los, warte noch mit dem Heimgehen, Giraffe, aber warte nicht, bis es dunkel wird. Pass auf dich auf.«

Ich vertrieb mir die Zeit auf den Feldern und Wiesen. Wenn es dunkel wurde, ging ich nach Hause, ich lief nach Hause zu meiner Mutter, die in ihrem Zimmer war, das Zimmer, das ich nicht betreten durfte.

Ich setzte mich auf das Küchensofa und hörte auf das Ticken der Uhr. Ich pulte in der Sofaritze und wartete, bis Onkel Sigi nach Hause kam. Wenn sie Onkel Sigis Pfeifen hörte, kam meine Mutter aus ihrem Zimmer. Gemeinsam deckten wir den Tisch mit Brot, Butter, Schnittlauch und Leberwurst. Onkel Sigi kochte Pfefferminztee. Gemeinsam aßen wir zu Abend.

Erst gab es eine Ruhe, und nach und nach stellte meine Mutter ihre Fragen, und sie befragte mich nach Tom Sawyer und Huckleberry Finn.

»Dieser Hucky, der lügt, wenn er den Mund aufmacht. Der lügt mal so grundsätzlich, dass sich die Balken biegen, der lügt, dass sich die Balken in seiner Tonne biegen«, knurrte meine Mutter. »Erzähl weiter.«

So ging es fast den ganzen Sommer lang. Es störte mich nicht besonders, dass meine Mutter Hucky nicht mochte. Es war mir egal. An diesem Sonntag aber hatte meine Mutter eine neue Schärfe in der Stimme, eine Schärfe, die ich nicht kannte und auch nicht mochte. Deshalb erzählte ich nichts mehr von Huckleberry Finn. Ich stellte mich still.

An diesem Tag wartete meine Mutter vergeblich darauf, dass ich etwas sagte. Sie fragte mich: »Was ist los, Tilda. Bist du auf den Mund gefallen? Oder hast du deine paar wenigen Wörter in den Mississippi geworfen. Hä?« Sie hob mein Kinn hoch, um mir in die Augen zu sehen. Sie wusste, dass ich mich damit unwohl fühlte.

Nach einer Weile stand sie auf, auf ihrem Gesicht lag ein ungläubiger Schatten.

Sie ging in ihr Zimmer und kam zurück, über ihrer Schulter lag die weiße Kunstfellstola der Knubbelkopffrau. Sie setzte sich wieder an den Tisch, schaute mich, die ich nichts sagte, an und aß weiter. Onkel Sigi pfiff leise vor sich hin und schaute an mir und seiner Schwester vorbei, so wie er es immer tat. Nur ganz selten schaute er mir ins Gesicht.

Heute frage ich mich, ob meine Mutter deswegen gegangen ist. Weil ich still blieb. Weil sie gemerkt hatte, dass ich nicht mehr mit ihr war, weil es jetzt Hucky war, dem ich alles erzählte. Vielleicht war das der Fehler gewesen.

Vielleicht hatte sie aber deswegen diese neue Schärfe in der Stimme, weil sie schon einen Plan hatte. Weil sie vielleicht noch darüber nachdachte, ob sie wirklich alleine gehen wollte. Allein, ohne mich.

Onkel Sigi pfiff leise zwischen Löffel und Suppe, ich sah meine Mutter mit diesem müden Kunstfelltier über ihrer Schulter am Tisch sitzen, essen, im Gesicht ein Schatten. Die Kunstfellstola gab ihr Halt an den rauen Doornkaattagen, an ihren Wollmäusetagen, das wusste ich.

Aber heute war Sonntag. Sonntags hatte sie nie ihre rauen Tage.

Ich spürte einen Kloß im Hals und konnte es nicht ändern. Den Schatten meiner Mutter nicht, und alles andere auch nicht.

»Huckleberry Finn ist nicht echt, jedenfalls nicht wirklich, merk dir das endlich«, versuchte sie es nochmal mit einem Zittern im ganzen Gesicht. »Häng dein Herz nicht an jemanden, der nicht für dich ist, Tilda, das ist nicht gesund. Ich weiß, wovon ich rede. Komm endlich zur Vernunft. Wenn du damit nicht aufhörst, brauchst du deinem Vögelchen kein Wasser mehr geben. Es wird elendig verrecken.«

Ich soll mein Herz nicht hängen. Das war es, was meine Mutter immer und immer wieder sagte. Auch an diesem Tag. Ich wollte es nicht mehr hören. Ich hatte genug von ihr. Ich hatte auch genug von ihrem Schweigen über den Mann, der sie erst glücklich, dann unglücklich und zwischendrin mich gemacht haben musste.

An diesem Sonntag, an dem ich meiner Mutter zum ersten Mal nichts erzählte, an dem ich genug von ihr und ihrem immerwährenden Lautsein hatte, bekam ich nachts einen Alptraum. Ich träumte, ich wäre zum Tode verurteilt worden. Wegen versuchtem Selbstmord. Es gab eine Beerdigung. Der Pfarrer sprach und nannte mich eine Mörderin.

Meine Mutter stand irgendwo im Hintergrund und lachte. Sie trug einen schwarzen Schleier wie die Witwen im Fernsehen, die Witwen in den alten Filmen. Ich lag in einem Sarg, er war geöffnet und ich trug ein langes Hemd und eine weiße Kunstfellstola. Meine Mutter nahm den Schleier ab und tanzte. Sie tanzte um meinen Sarg. Als sie hineinschaute, lag dort eine Puppe. Eine Puppe ohne Kopf. An mehr kann ich mich nicht erinnern. Aber davon würde ich meiner Mutter nichts erzählen.

Vielleicht würde ich ihr von Zeit zu Zeit berichten. Erzählen würde ich aber nichts.

Klohäuschen und wilder Wein

An einem Tag in jenem Sommer enterten Hucky und ich das kleine Häuschen hinter dem Kaiserhof. Früher soll es ein Hasenstall gewesen sein. Er war mit wildem Wein zugewuchert, mit Brettern zugenagelt, die Nägel waren rostig, und wir hatten Mühe, einen Eingang zu finden. Es war aber gar kein Hasenstall, sondern ein stillgelegtes Klohäuschen. »Ekelig«, sagte Hucky, »und zu klein, da scheiß' ich lieber in den Wald«.

»Ist doch stillgelegt. Und du wohnst doch auch in einer Tonne,« sagte ich.

»Ach wo, da schlaf' ich nur.«

Ich mochte kleine Orte und habe gründlich sauber gemacht. Ich habe das Klo geputzt, das Parfüm meiner Mutter versprüht und habe Fußmatten ausgebreitet, die ich in unserem Keller gefunden habe. Hat ein bisschen gedauert. Tagsüber war selten jemand im Kaiserhof und keiner hat es bemerkt. Als alles schön war, habe ich meine Ahornkiste mit den Notizbüchern, die Stola meiner Mutter, eine Packung Zuckerstücke aus unserer Küche, Kissen und allerhand anderes Zeugs aus dem Brombeernest vom Schlackenberg geholt und mein Lager aufgeschlagen, habe gelesen, geschrieben und versucht, die Zigaretten meiner Mutter zu rauchen. Dazu legte ich mir die Stola auf den Schoß. Manchmal tanzte ich damit. Wenn ich dort war, ließ ich die Tür mit dem Herzen in der Mitte einfach offenstehen. Mir gefiel es. Winzig und kuschelig. Manchmal war da etwas oben zwischen meinen Beinen. Es fühlte sich schön an, wie ein wildes Tier, das Zuckerstückchen isst. Von den Zigaretten bekam ich Nebel im Kopf, deshalb hörte ich bald damit auf. Manchmal kam Huckleberry Finn dazu. Er setzte sich draußen ins Gras, er mochte es nicht, im Klohäuschen zu sitzen: »Zu eng … riecht einfach immer noch nach Scheiße. Was ist mit deiner Bude auf dem Schlacko?«

Ich zuckte mit den Schultern: »Egal. Brauch' ich nicht mehr. Blindschacht.«

Ich schaute Hucky von meinem kleinen Hochsitz beim Rauchen zu. Mein Girlandensitz, so nannte ich das blitzblanke, stillgelegte Klo, das ich mit einer Blumengirlade aus Plastik verziert hatte. Frau Schneekoppe aus unserer Drogerie hatte sie mir einmal geschenkt. Die verblichenen, kleinen, ausgeschnittenen Zeitungsfetzen, die mit einem Nagel befestigt neben meinem Girlandensitz hingen, konnten wir uns nicht erklären. Sie waren von vor vielen Jahren. Da stand was von Kuba und einem Mann, der dafür gesorgt hatte, dass dort alle gleich sind.

Hucky ließ mich an seiner Pfeife ziehen. Er zeigte mir, wie man das machte, ohne zu husten. Die Pfeife schmeckte besser als die Zigaretten meiner Mutter.

Wir lauschten den Krähen, den müden Insekten, hörten dem Sommer und der Hitze zu.

Über Väter

Obwohl meine Mutter nicht mehr aus dem Haus ging, wusste sie immer über alles Bescheid. Sie ging nicht mehr aus dem Haus wegen ihrer Lichtempfindlichkeit, wie sie sagte. »Diese Siedlungsblicke, die spar ich mir. Diese Blicke habe ich immer schon gehasst.« Den Satz konnte sie einem immer wieder aufs Neue vor die Füße speien.

Meine Mutter wusste Bescheid. Sie wusste zum Beispiel, dass Hucky in einer Tonne wohnte, sie hatte den größten Teil der Geschichte gelesen. Wir hatten vereinbart, dass sie mir nichts über den Inhalt erzählt, und außer ihren Warnungen hielt sie sich daran. Meine Mutter wusste über *fast* alles Bescheid und das *Fast* war es, was sie verrückt machte. »Keine Halbheiten mehr. Ich habe Pläne, Tilda, dagegen ist das Ganze hier ein Witz.«

Aber ja, sie hatte Pläne, von denen ich zu dem Zeitpunkt nichts wusste.

»Tom Sawyer hat wenigstens ein Zuhause, halte dich mal an den, der kriegt immer die Kurve und alle lieben ihn«, rief meine Mutter.

Mir war das egal. Ich liebte Huckleberry Finn, der am Mississippi wohnte und von einer albernen Witwe adoptiert wurde. Ich liebte ihn, weil er stets dreckig war und vor den weißen Kopfkissen und dem Kirchenzeugs der Witwe immer wieder davonlief. Manchmal kam sein Vater aus den Wäldern und schlug ihn. Dagegen konnte man nichts machen. Ich liebte Hucky, dem der Fluss fehlte, der die Schläge seines Vaters in Kauf nahm, weil er sich in seinen sauberen Witwensocken nicht zuhause fühlte.

Hucky hatte mich, und jeder von uns hatte einen Vater.

Meiner schlug mich nicht. Er kannte mich nicht einmal. *Er ist während deiner Geburt gestorben.*

Onkel Sigi sagte: »Gestorben hin oder her. *Du* bist hier, darfst dich nicht ablenken lassen, schau nur auf das, was dich interessiert. Alles andere ist gar nicht da. Am besten ist, Tilda, du machst, was du willst, was wirklich für *dich* ist. Finde das heraus, Giraffe, finde heraus, was das sein könnte, und dann mach es. Ein Leben braucht Hintergrundmusik. Das fehlt den meisten Menschen. Hintergrundmusik.«

Sowas sagte Onkel Sigi. Immer, wenn man gar nicht damit rechnete. Er wusste, wie man das tat, etwas genau zu betrachten und sich nicht ablenken zu lassen. Er wusste, worauf es ankam. Onkel Sigi malte und sang. Er sang »Rot ist die Liebe«, und meine Mutter summte leise mit.

Genau genommen hatte ich keinen Vater. Auch keinen, der mich schlug. Aber ich hatte Onkel Sigi mit seinen leuchtend grünen Augen, die mich trösteten, ohne dass was gesagt werden musste. »Du, meine Giraffe, du wirst einmal ein schönes Leben haben, du wirst im Zirkus auftreten und mit Pferden jonglieren.«

Ich ließ ihn reden. Ich ließ mich nicht ablenken. Ich stellte mich still, weil ich das wollte.

Onkel Hermann

In manchen Nächten schlief meine Mutter nicht mehr als zwei, drei Stunden. An den Tagen darauf kroch Zorn aus dem Küchensofa, auf dem sie an ihren schlechten Tagen schlief und aussah, als hätte sie die Nacht in einem Sarg verbracht. An diesen Tagen gehörte der Abend den Gardinen.

Wenn meine Mutter ihre Wollmäusetage hatte, zog sie Bilanz, sprach in Rätseln oder in Geschichten. Manchmal in beidem. Zwischendrin sprach sie vom Weggehen, vom Alter, vom Tod und von Onkel Hermann.

»Ein faltiger Hintern, Tilda, ist genauso würdelos wie eine Lüge auf den letzten Drücker. Das wollen wir nicht.« Sie zog an ihrer Zigarette.

»Onkel Hermann war der Älteste von uns dreien. Die Drei Terzinos waren berühmt in der Gegend. Bis hinter der Kaufhallenbaustelle noch weit hinter der Mühlenteichstraße waren wir berühmt. Onkel Hermann mit seiner Gitarre. Onkel Sigi mit siebzehn und ich.« Großer Einatmer. »Ich hielt alles zusammen.« Kleiner Ausatmer. Versteinerter Blick. »Das Ganze hatte Potential, sagen wir mal so.« Raureifstimme. »Hermann war ein Fremdgänger, immer gewesen, okay, aber ein *Arschloch* war er nicht. Er wusste die Frauen zu verführen mit nur einem Akkord. Zu einem Arschloch wurde er später, aus Versehen, zum Arschlochsein gehören immer zwei, wie er meinte. Da war er konsequent. Hat es nicht verdient, das schöne Leben in Kanada. Meine Meinung. Hat sich benommen wie ein Schwein.«

Als ich die Hermann-Geschichte zum ersten Mal hörte, hatte ich ihre Bedeutung noch nicht verstanden. Aber da waren Löcher, Wunden oder noch Vieles mehr.

Ich kannte sie, die Geschichte, sie war aber so schlimm, dass ich sie immer wieder hören wollte. Meine Mutter erzählte dramatisch, ich wusste nie, was ausgedacht war und was nicht.

»Das ist egal, Tilda. Darauf kommt es nicht an«, sagte Onkel Sigi einmal, als ich ihn fragte, ob er das wüsste, und woran man merkt, ob Geschichten nur erfunden waren. Da wusste ich noch nichts über den Klang von Stimmen.

»Erfunden oder gelogen, das ist egal, es geht immer nur um eine gute Geschichte, Tilda. Und wie man sie erzählt.«

Onkel Hermanns Geschichte ist eine gute Geschichte, und meine Mutter erzählte sie gut.

Onkel Hermann entschloss sich irgendwann vor Jahren, nach Kanada auszuwandern, um da das Glück zu suchen oder etwas anderes.

Er ging auf ein Schiff, und seine Schwester, sein Bruder Sigi, seine Frau und seine drei Kinder Susi, Michael und Martin sollten bald nachkommen.

»Erst mal Arbeit finden, waren seine Worte«, erzählte meine Mutter. »Wir waren aufgeregt bis zur Halskrause, Tilda. Kanada, das war ein Land der unbegrenzten Möglichkeiten, da gab es Schnee, viel Schnee, echte Winter, herrliche Weiten, Seen und viel Platz, auch in den Städten. Da gab es Bühnen so groß wie Fußballfelder. Dort wollten wir als die Drei Terzinos das Land und die Leute erobern. Das war so besprochen. Alles, was ich mir vom Mund abgespart hatte, während meiner Ausbildung und danach, habe ich dem Hermann mitgegeben, dem Drecksack. Die ganze Siedlung stand am Hafen und winkte, so schnell würden wir uns nicht wiedersehen, das war klar. Aber bald.«

Zwischendurch unterbrach sich meine Mutter unvermittelt, und ihre ohnehin laute Stimme bekam einen harten Klang: »Früher, Tilda, da hatte ich Augen. Augen, die auf später schauten. Jetzt guck' ich meistens zurück. Das akzeptiere ich nicht. Das ist was für alte Leute mit Wasser in den Beinen, und davon bin ich noch weit entfernt.« Sie machte eine kleine Trinkpause, sie flüsterte, und ihre Stimme verlor sich immer mehr in der Geschichte, während sie den Kessel unter den Wasserhahn hielt und das Wasser anstellte: »Wenn ich hier durch bin, mit allem, so ganz und gar, dann will ich verbrannt werden, nur dass du es weißt. Ich will nicht in eine Holzkiste. Man verrottet unter der Erde, und der ganze Rotz sickert ins Grundwasser.«

Ihr Blick fiel in den Ausguss. »Wo war ich?«

»Das Wasser läuft noch«, sagte ich und stellte mir vor, wie Rotz im Grundwasser aussieht. Irritiert schaute sie mich an. »Schiff, Frau, Reise«, sagte ich.

Diese Stichworte reichten. Meine Mutter stellte das Wasser ab, um wieder anzuheben: »Auf dem Schiff traf er eine Frau, die gemeinsam mit ihrem Bruder die gleiche Reise antrat. Die drei kamen ins Gespräch. Die Reisegefährten schienen wohlhabend zu sein, die Frau war nicht schön, aber auch Onkel Hermann hatte ein großes Gebiss, wie *Somebody-to-love*-Freddie-Mercury, den kennst du nicht. Zu viele Zähne, der Junge, alle vorne. Zu viele Zähne und zu viele Weiber. Die Frau auf dem Schiff war aber freundlich.«

Diese Sätze wurden rasch abgehandelt. Dann kam wieder ein großer Einatmer, der an jeder Stelle immer eine andere Bedeutung hatte. Mal leitete er den Höhepunkt ein, mal wurde er begleitet von einer tiefen Verachtung, die sich in ihren Mundwinkeln zeigte. Ihre Mundwinkel, die zitterten und trocken wurden. Die zitternden Mundwinkel, die trockenen, die spätestens jetzt wieder einen harten Klaren brauchten. Diese zitternden Mundwinkel, die dazu führten, dass ich nie einen Tropfen Alkohol angerührt habe, bis heute. Sie kippte den Klaren in einem Zug und leckte mit ihrer Zunge die Trockenheit aus den Mundwinkeln weg. Links, rechts. Rechts, links.

Die Flasche schraubte sie nicht zu, behielt sie in der Hand, das Glas auf dem Küchentisch. Ihr Atem ging schneller jetzt, die Stimme wurde schrill. Ich wusste nie, ob aus Wut,

Enttäuschung, Verachtung oder ob sie Onkel Hermann vielleicht doch in Schutz nehmen wollte. Es war alles zusammen. Vielleicht.

»Er konnte nicht anders, er *musste* alles hinter sich lassen, auch die alte deutsche Familie mit der keifenden Frau und dem ewig dünnen Konto. Er war immer ein Wegwoller. Alles ließ er hinter sich. Sigi und mich. Und alles andere auch.«

Der Mund meiner Mutter sah aus wie ein Riss. »Das war so nicht geplant, es täte ihm leid, ginge aber nicht anders. Das schrieb er mir aus Kanada, dieses Arschloch. Er wurde reich im Land der unbegrenzten Möglichkeiten, mit dem Geld dieser neuen Frau. Er bekam drei neue Kinder, ein Mädchen und zwei Jungen und gab ihnen die Namen *Susan, Michael und Martin*. Er gab den neuen Kindern die Namen der alten. Das muss man sich mal vorstellen. Auch das schrieb er mir in seinen Briefen, und ich, ich sollte es seiner Frau mitteilen. Bei jedem Kind schrieb er das. Seiner Frau und seinen deutschen Kindern sollte ich das mitteilen. Er brächte es nicht über's Herz.«

Hier machte sie eine Pause.

»Er war eben ein sentimentaler Mann. Ich habe es nicht seiner Frau mitgeteilt, das ging nur die beiden etwas an. Aber ich habe das alles der Brockmann im Vertrauen erzählt, damals, als wir noch die Haarteile tauschten. Und die hat es jedem hier erzählt. Aber wirklich jedem. Was für eine Blamage.«
Meine Mutter lachte hart. Sie schaute noch einmal in den Abfluss, schraubte den Doornkaatverschluss zu und stellte die Flasche in den Kühlschrank, erst danach drehte sie sich wollmäusegrau und erschöpft zu mir um: »Bühnen, so groß wie Fußballfelder«, flüsterte sie.

Ungefähr zu dieser Zeit, in der das alles mit Hermann passierte, so erzählte es mir Onkel Sigi, hatte er Angst um meine Mutter. »Sie war so … so kannte ich sie gar nicht. Zu der

Zeit erzählte sie das erste Mal von ihrer Lichtempfindlichkeit; Vorhänge zu. Ging tagsüber nicht mehr vor die Tür. Ich hatte Angst, dass sie verkinselt, den Verstand verliert. Kurze Zeit später begann sie mit ihren Sonntagen. Von Sonntag zu Sonntag wurde sie schöner«, sagte Onkel Sigi. »Das war gut. Und ist es immer noch.«

Er schaute eindringlich an mir vorbei: »Vergiss nichts Giraffe, schreib alles auf.«

Und ich schrieb alles auf. Aber da wusste ich noch nicht, dass es noch eine ganz andere Geschichte gab.

2. TEIL
DER FREMDE

Anfang des Sommers zog *er* in unsere Siedlung.

Auf einmal war er da. Alle waren sich einig, dass es sich nur um einen Terroristen handeln konnte. Wieso sollte er sonst freiwillig in unsere Siedlung kommen, wo doch nur wir waren, und so, wie der aussah?

Meine Mutter meinte, das sei Quatsch, heute sähen alle unter dreißig so aus.

Udo von Greimlich zog mit seinen vielen Schallplatten, seinen langen Haaren und unzähligen Büchern in eine kleine Wohnung mit einem winzigen Austritt nach vorne zur Straße hin. Er trug Schlaghosen und schmuddelige weiße Hemden, wie die Bergleute vor der großen Wäsche, aber mit Manschettenknöpfen, obwohl er die Ärmel nie schloss. Er hatte keine Ähnlichkeit mit Huckleberry Finn. Der Kommunist hatte eine Anstellung bei unserer Tageszeitung bekommen. Er liebte die einfachen Menschen. Deshalb war er hierhergezogen, in unsere Siedlung. Aber eigentlich wollte er nach drüben, er wollte in den Osten.

Er sei hier nur auf Abruf und warte auf eine Einreiseerlaubnis in die DDR, wenn die käme, sei er weg, das könnt ihr mir glauben, erzählte er Gudrun. Die beiden waren sich ziemlich bald in unserem Edeka begegnet, in dem Gudrun manchmal aushalf.

Als er das erste Mal zum Edeka kam, taten alle Frauen so, als seien sie mit Gemüse, Büchsenmilch und Rockglattstreichen beschäftigt. Trotzdem gab es diese unnatürliche Stille, und die Frauen warfen sich plötzliche Blicke zu. Ein Mann, nicht besonders groß, nicht besonders schön, aber fremd. Immerhin. Er war charmant, nickte allen Frauen zu, sagte »Meine Damen«, manche kicherten und er lächelte. Er lächelte so, wie ein Filmschauspieler lächelt, weil der Regisseur gesagt hat: »Am besten, du lächelst verschmitzt.«

Die Frauen waren außer sich. Der Kommunist aber sprach Gudrun an. Ein paar Mal *sah* er sie nur an. Nachdem er einige

Male dort eingekauft hatte, sprach er sie auf ihre Romane an, die Arztromane, die bei ihr an der Kasse lagen. Nach und nach versorgte er sie mit Büchern, die sie las oder nicht. Bücher über Marx, Engels, Bücher über den gelebten Sozialismus.

Irgendwann machten sie Spaziergänge. Sie gingen spazieren in der Nähe des Friedhofs bei den Kitzelbüschchen und achteten darauf, dass niemand sie sah.

Ich aber habe sie gesehen. Ich bin ihnen nachgegangen. Sie haben nicht gelesen.

»Wenn man von heißt, ist man adelig. Sonst würde es ja nicht auf seiner Klingel stehen«, meinte Gudrun auf unsere Frage. Sie war sechzehn, schminkte sich schon die Lippen und war dreimal sitzengeblieben. Im Gegensatz zu mir sah sie bereits aus wie eine Augenweide. Ohne die Brille.

»Gudrun ist nicht blöd, sie ist einfach ein bisschen naiv, das wird noch. Aber, Kommunist und von. Du meine Güte!«, rief meine Mutter und schob den Träger ihres fleischfarbenen BHs zurück auf die Schulter. »Ein verwirrter Geist, der junge Mann. Vielleicht so eine Art ›Kleinstadthüpfer‹. Was will der hier? Der soll mal zur Vernunft kommen, mal seinem Vögelchen Wasser geben.«

Udo von Greimlich gefiel das: »Das würde implizieren, dass ich einen Vogel habe. »Kann gut sein, aber, ich denke, Gudrun, ich verstehe unter Vernunft etwas anderes als ihr. Das begreifst du nicht. Noch nicht.«

Gudrun fragte uns, was das Wort »implizieren« bedeutet. Sie sprach es falsch aus. Meine Mutter wusste es trotzdem.

Der Kommunist saß oft bei geöffneter Tür dieses winzigen Austritts in seiner Wohnung, hörte Musik, tippte oder las und trug immer eine verwaschene Hose und eines dieser schmuddeligen, weißen Hemden mit Manschettenknöpfen, obwohl die Ärmel meistens hochgerollt waren oder flatterten. Manschettenknöpfe trugen unsere Siedlungsmänner nicht einmal am Sonntag. Nur zu Beerdigungen, Hochzeiten oder so. Ich lief oft bei ihm vorbei. Nur so, um zu gucken.

Der Kommunist tippte auf seiner Reiseschreibmaschine oder er saß und las in einem Ledersessel mit Chrom.

»Bauhaus wahrscheinlich, unbequemes Zeugs mit Hintersinn. Rückenfreundlich sind die Dinger nicht, das erklärt seine schlechte Haltung«, bemerkte meine Mutter, die wie immer über alles Bescheid wusste, die, seitdem sie nicht mehr vor die Tür ging, unfassbar viel las. Sie las alles, was die Bücherei hergab.

Ich besorgte ihr regelmäßig Bücher, Bücher vom Büchermann aus der örtlichen Bücherei. *Grüß deine liebe Mutter.*

Der Büchermann war ein älterer Mann, dünn und lang. Er hatte die freundlichsten Augen der Welt. Das eine Auge war grün, das andere braun. Als hätte sein Gesicht sich nicht entscheiden können.

»Er hat deine Mutter gern«, sagte Onkel Sigi mit Blick auf die Bücher, die ich in unsere Küche trug. »Der Büchermann, verstehst du, Tilda, schon immer hatte er sie gern. Schon seit ewigen Zeiten. Wusstest du das? Lass mal sehen, die Bücher.« Es waren schwere Bücher, Thomas Mann, Konsalik, Goethe, Simmel. Meine Mutter machte keine Unterschiede.

Wenn ich zur Bücherei ging, musste ich an dem Haus vorbei, in dem der Kommunist wohnte. Manchmal stand er an seinem Austritt, schaute raus und nickte beifällig, wenn ich mit einem Stapel Bücher unter dem Arm vorbeiging. »Was liest du denn so, zeig doch mal«, rief er herunter und lächelte, »ist ja ganz schön viel, was du da wegschleppst.« Wenn er mich so ansprach, war ich ganz verschwommen. Mir wurde nebelig im Kopf, und ich lief schnell weiter. Ich mochte das nicht. Ich lief auch nur dort vorbei, um zu hören, welche Musik gerade gespielt wurde. Lagerfeuergitarren und klagende

Männerstimmen, die irgendwie beleidigt klangen. Die Musik gefiel mir nicht. »Arbeiterlieder wahrscheinlich, da gehts um was anderes, es geht um die Anklage, nicht um die Musik, beschreib' mal genauer«, kommandierte meine Mutter.

Irgendwann spielte eine Musik, die keine Anklage war, sondern eine Sehnsucht hatte. Der Kommunist zupfte auf einer Gitarre, und er sang. Er sang irgendetwas von Freunden und Zigaretten. Von nun an ging ich jeden Tag an seiner Wohnung mit dem winzigen Austritt vorbei, und oft spielte er dieses Zigarettenlied. Das war schön. Ich stellte mich hinter die bröckelige, verrußte Backsteinmauer seitlich des Hauses. Von dort aus konnte ich die Musik gut hören, und er konnte mich nicht sehen. Wenn ich mich vorbeugte, konnte ich in den Hauseingang schauen. Einmal bin ich hineingegangen und sah Gudrun auf der Fußmatte sitzen. Auf der Fußmatte vor seiner Tür. Als sie mich bemerkte, wurde sie rot und versteckte etwas unter ihrem Rock: «Er braucht gerade seine Ruhe.«

Irgendwann hatte er mich hinter der Mauer bemerkt. Er stand vorne am Rand des kleinen Balkons und beugte sich vor, als suche er etwas, zog an seiner Zigarette und sagte kein Wort. Er sah mich einfach nur an. Ich drehte mich schnell weg und wartete, dass er reinging. In der Zwischenzeit suchte ich mir im Kopf Wörter zusammen, damit die Nebeligkeit aufhörte, die jetzt überall in mir drin war.

Als er leise etwas rief, blickte ich hoch, und wir schauten uns an. Er mich und ich ihn. Und die Zeit war weg und alles andere auch.

»Für den sind wir so eine Art untergehendes Südseevolk«, sinnierte meine Mutter, der ich nichts von der kleinen Steinmauer erzählte. »Etwas unterbelichtet, aber schützenswert. Was will der hier? Der guckt von seinem Austritt runter dem Fußvolk bei seinem kleinen Leben zu, wie mit einer Riesenlupe. Gruselig. Aber, er ist nicht uninteressant, der junge Mann, ein klitzekleines bisschen wie der ganz frühe Helmut

Schmidt, aber nur von der Bildung her. Die politische Einstellung von dem Jungen ist natürlich abwegig. Der bräuchte mal jemanden, der ihn aufs richtige Pferd setzt. Der glaubt, die Dinge könnten sich zum Besseren wenden, wenn er in seinem Einkaufsnetz nur genug Bevormundung zum Edeka trägt. Dadurch wird er auch nicht einer von uns. Der spinnt doch.«

Gudrun bekam weiterhin Bücher von dem Kommunisten in den Edeka gebracht, sie gingen weiterhin spazieren, passten auf, dass sie keiner sah. Gudrun lernte Dinge, sie hatten Gespräche, von denen Gudrun nur ab und zu und sehr wenig erzählte. *Kein Mensch wird dumm geboren, man wird nur dumm gemacht*, sowas sagte er. Ob Gudrun redete auf den Spaziergängen, wusste ich nicht.

»Wo er recht hat, hat er recht, mit dem ›dumm‹ meine ich«, rief meine Mutter und kniff die Augen zusammen.

»Er ist noch viel netter, als man denkt, und bringt mir alles bei«, versicherte uns Gudrun. »Er hat keine Familie und erzählt mir vom richtigen Leben und so.«

Was es denn sei, das richtige Leben, wollte meine Mutter wissen.

Er wolle nicht die Welt retten, er wolle nur in den Osten, erzählte er Gudrun. »Udo sagt: *Ihr hier, ihr müsst mehr miteinander reden, ihr müsst das Leben reinlassen, ihr hier in der Siedlung, ihr müsst euch wehren.*«

Ich wusste nicht, wogegen und verstand nicht, was er meinte. Gudrun verstand ihn, wollte aber nicht sagen, was genau sie verstand.

»Der übt für den Ernstfall. Gudrun ist sein Unterschichts-Übematerial«, entschied meine Mutter. Aber Gudrun begann zu lesen. Immerhin. Sie ging möglichst unauffällig mit dem Kommunisten spazieren, und sie hörte seine Musik.

»Musik von ungepflegten Männern mit Kreppsohlen, langen Haaren und Wandergitarren, die singen von Gerechtigkeit im Morgenrot. Singen von Welten, die der Rest der Siedlung nicht kennt und nicht vermisst. Unnötig, das Zeugs. Aber diese Klampfenjungs glauben immerhin an etwas, sie glauben an den gelebten Sozialismus und daran, dass alle Menschen gleich sind, theoretisch. Das muss man ihnen zugutehalten«, klärte meine Mutter mich auf. »Wenn sie dabei keine Leute abknallen, wie diese gestörten Bürgersöhnchen und -töchter der RAF, ist das ja noch nichts Schlimmes. Aber der Rest ist natürlich Blödsinn. An den Kommunismus glauben hier im Westen nur junge Menschen, die den Krieg nicht erlebt, die immer genug zu essen hatten, Leute, die ihre Eltern hassen, selbst die Mädchen. Das sind alles Leute, die sich langweilen, zu viel lesen und keine Hobbys haben. Kommunismus im Westen, das ist was für ...«, so redete sie.

Ich fragte meine Mutter, was das sei, »gelebter Sozialismus«. Als sie es mir erklärte, dachte ich an die kleinen, sorgfältig ausgeschnittenen Zeitungsfetzen im Klohäuschen.

Der Kommunist war in jenem Sommer auf einer Reise. Er reiste ans Meer und schickte Gudrun Postkarten aus Havanna. Er schickte die Postkarten an unsere Adresse. Ich wusste immer, wann eine neue Karte gekommen war. Den Briefkasten zu leeren, war meine Aufgabe. Die Postkarten waren schön und fremd. Menschen, lachend, mit verdrehten Körpern, schwitzend. Für mich sah Kommunismus in Kuba nach Tanzen und ewiger Sonne aus. Vielleicht waren wir ja wirklich alle gleich? Aber ich wollte nicht wie alle sein.

Postkarten aus Kuba

Meine Mutter änderte mit der Zeit komplett ihre Meinung über Udo von Greimlich: »Man muss die Chance für Gudrun sehen. Die Bildung, die von ihm ausgeht. Sie ist fast siebzehn, immerhin. Vielleicht geht sie ja doch früh genug hier weg. Das wäre schön für das Mädchen.« Sie schnalzte mit der Zunge.

Als ich ihr erzählt hatte, dass ich die beiden manchmal bei den Kitzelbüschchen sah, wollte sie mir das nicht glauben. »Das kann nicht sein, Tilda, das wäre nicht sein Stil. Bei ihm gibt es nicht diesen Drang. Da geht es um was anderes. Da geht es um mehr. Hier geht es um was Größeres. Du musst dich irren.« Ich irrte mich nicht. Ich war ihnen oft gefolgt, und wenn sie am Anfang viel geredet hatten und durch das Wäldchen gelaufen sind, machten sie irgendwann oft Pausen, in denen sie abbogen. Ich war dann zum Wasser gelaufen und hatte Huckleberry Finn getroffen.

Der Kommunist durfte die Kuba-Postkarten für Gudrun an meine Mutter schicken.

»Für Gudrun ist das besser, die Lügen-Hilde muss nicht alles wissen. Was ist das für eine Mutter. Weißt du, Tilda, die Brockmann war immer schon wie ein billiges Kleid, als Kind schon. Gudrun aber ist schön«, sagte sie. »Noch! Und wer weiß, wahrscheinlich ist Udo ein Mensch, der sich noch ein bisschen orientieren und öfter mal in die Wanne müsste. Vielleicht ist er ja wirklich ein bisschen wie der ganz frühe Helmut Schmidt, natürlich nur, was die Bildung angeht, denn Helmut wusste immer, was er wollte. Weißt du, Bildung und Gepflegtheit sind das Erotischste überhaupt beim Mann. Noch vor der Schönheit der Hände, merk dir das, Tilda.« Sie schnalzte wieder mit der Zunge und blies ihre silberschwarze Strähne in die Gegend. Diese Strähne war wie ein Ausrufungszeichen. Ich mochte das.

Als der Kommunist aus Kuba zurückkam, hatte Gudrun viele Postkarten bekommen, und er spielte andere Lieder. Musik mit verdrehten Körpern, schwitzend, küssend.

Aber das Zigarettenlied spielte er immer vor dem Abendessen. Immer dann, wenn ich hinter der Mauer stand. Den ganzen Sommer. Bis zu jenem Tag.

Lange Zeit war Gudrun die Einzige aus der Siedlung, die in unser Haus kam.

»Die Gudrun muss mal raus. *Sie* kann zu uns kommen, hier ist sie in Sicherheit. Aber die anderen, die Siedlungsblödis? Hier in meinem Haus? Besuch, Klatsch und Tratsch, über dummes Zeugs reden, wer braucht das schon? Außerdem«, fügte meine Mutter hinzu und fächelte mit den Händen, »der ganze Rauch und so, nee, lass mal.«

Gudrun kam morgens vor der Schule oft bei uns vorbei. Sie kam wegen der Zigaretten meiner Mutter und wegen der Postkarten. Wegen mir kam sie nicht. Wir gingen auch immer getrennt zur Schule. Gudrun rauchte für ihr Leben gerne. Sie rauchte ihre Zigaretten nicht normal, sie saugte sie auf. Sie rauchte abwesend und heftig. Gudrun bekam immer nur eine einzige Zigarette. »Für mehr bist du zu jung«, sagte meine Mutter. »Willst du was essen?«

Gudrun wollte nie etwas essen. Sie wollte die Postkarten sehen oder einen schwarzen Kaffee trinken oder beides und dabei eine rauchen.

»Schwarzen Kaffee mit Zucker, wie die Kubanerinnen«, meinte meine Mutter. Wenn Gudrun ihre Zigarette und die Karten aufgesaugt hatte, schenkte sie die Postkarten meiner Mutter. Es war immer eine schöne Stimmung, wenn eine neue Karte angekommen war. An den Postkartentagen lag etwas in der Luft, etwas, worin Verheißung lag. Auf den tanzenden Karten stand nie etwas Richtiges drauf. Nur eine Uhrzeit.

Gudrun schaute sie lange an: »Um diese Zeit, da hat er an mich gedacht«, sagte sie und schaute immer eine Zigarettenlänge auf die Karte.

Zu dem Kaffee reichte meine Mutter ein eifriges Lächeln.

»Weißt du, Männer bleiben schon mal für immer fort. So ein Mann wie Udo von Greimlich, der kommt zurück, der ist ein Geschenk. Das feiern wir mit langstieligen Löffeln.« Sie zögerte und zwinkerte Gudrun zu: »Was meinst du, mhm? Der Udo ist doch besser als so ein Siedlungs-Markus, der dich schwängert und dir noch hin und wieder die Dichtungen wechselt, wenn sie brüchig werden. Oder?« Sie lachte. Ich mochte diese Reden und dieses bittere Lachen nicht. Meine Mutter seufzte leise.

Meine Mutter hatte früher, als es für sie in der Siedlung noch etwas zu feiern gab, für die Leute gekocht. Und es gab oft etwas zu feiern. Es wurde gesungen, auf Hochzeiten, Geburtstagen oder der Kommunion. Meine Mutter soll ein wenig Ähnlichkeit mit der ganz frühen Caterina Valente gehabt haben.

»Wir waren nicht nur singende Geschwister«, sagte meine Mutter mit weit ausholenden Armen. »Wir waren die Drei Terzinos. Wir waren ein Ereignis. Bevor Onkel Hermann nach Kanada ging, tanzten wir in Petticoats und du hast noch Wolken geschoben, Tilda.« Sie schaute mich an. Sie schaute durch mich durch. »Irgendwann zerfledderte das Ganze.«

Meine Mutter sah sich nach der Ausplauderei und einem handgreiflichen Streit mit der Lügen-Hilde als Königin ohne Reich. »Das habe ich entschieden, Tilda. Freiwillig! Merk dir das.«

Manchmal kam der Büchermann zu den Siedlungsfesten, etwas war dann anders als sonst, die Siedlungsleute und besonders meine Mutter hörten ihm andächtig zu. Meine Mutter sah sehr schön aus. Sie trug ein blaues Samtkleid mit einem

Tellerrock und Schuhe mit Absätzen, um ihre Schulter die Kunstfellstola. Ein Kleid, das ich nicht kannte. Ein- oder zweimal sang sie vollkommen allein und der Büchermann begleitete sie auf seiner Geige. Dann hatte sie einen Blick, den ich nicht kannte. Einen Blick, wie bevor es mich gab. Danach gab es ein Schweigen und Kuchen mit Sahne.

Der Büchermann aber war nie lange auf diesen Festen, er hatte eine kranke Frau zu Hause.

Im Lauf der Zeit sang meine Mutter gar nicht mehr. »Auf diesen Festen zu singen, das ist dazu da, die Zukunft zu vergessen«, sagte sie. »Und das kann ich grad gar nicht brauchen.«

Die Siedlungsleute versuchten sie immer wieder zum Singen zu bewegen, aber sie wollte nur summen. Als sie das Haus noch verließ, hatte sie wenigstens für jede Feier Essen gekocht. Sie zauberte Sauerbraten, Kartoffeln, Gurkensalat auf jeden Tisch. Sie wusste, wie man große Portionen schmackhaft herstellt.

»Bei mir waren die Kumpels immer satt *und* glücklich. Und zu den Heißgetränken gab es langstielige Löffel. Kleine, kurze Löffel riechen nach deprimierter Kindheit. Da muss man gegen angehen. Und zwar mit langstieligen Löffeln. Mit langen Löffeln schmeckt selbst der Filterkaffee ein bisschen nach Kuba.«

Gudrun liebte meine Mutter und hing ihr an den Lippen. Sie liebte sie für die Zigaretten, für das Postkartengeheimnis mit dem Kommunisten und überhaupt. Und meine Mutter genoss es.

Insgesamt kamen sieben Karten. Wenn eine neue Karte angekommen war, heftete meine Mutter die neue Postkarte in ihrem Zimmer an die Wand, nachdem Gudrun sie angeschaut hat. Man konnte sehen, dass meine Mutter Gudrun gut leiden konnte. Mehr als mich. Onkel Sigi meinte, das sei dummes Zeug: »Deine Mutter vergöttert dich, Tilda, du bist ihr Ein und Alles. Immer gewesen, von Anfang an. Du hast bei ihr aber nur zwei Möglichkeiten: Recht geben oder nix sagen.«

Ich glaubte ihm. Beides.

Katzen retten, Kindergräber

In den Sommerferien lief ich ganze Tage über die Wiesen. An meinen Knöcheln hatte ich winzige rote Insektenstiche, die ich mit kleinen Fingernagelkreuzen in Schach hielt. Ich hatte diesen Laufhunger, wie jeden Sommer. Doch diesmal war etwas anders. Diesmal gab es Hucky, der das Jucken der Insektensticke mit seiner Spucke löschte. Es war die Zeit des Sommerregens, selbst wenn es gar nicht regnete. *Sommerregen* war eines meiner Lieblingsworte, und die gemeinsame Zeit gehörte ihm und mir ganz allein.

Wenn wir unterwegs waren, passierte immer irgendetwas. Einmal fanden wir fünf winzige, verlauste Kätzchen, fast verhungert. Wir liefen zum Fluss hinunter, versuchten sie zu retten, hielten sie ins Wasser, wuschen sie, um die Läuse zu entfernen. Ich pflegte sie im Klohäuschen, versuchte, sie ins zum Leben zurückzubringen, aber eins nach dem anderen starb. Sie waren noch so klein, und ich fand es ungerecht. Hucky, der meistens nur zuhörte, wenn ich ihm etwas erzählte, zuckte mit den Schultern: »Gibt ebend keinen Gott. Katzen sind gefährlich, vor allem für kleine Kinder. Die saugen den Babys den Atem weg. Das weiß doch jeder, so ist das mit den Katzen, und so war das schon immer, egal wie der Fluss heißt. Das is' so im Leben. Auf Tiere passt ebend keiner auf.« Solche Sachen sagte er manchmal. Mit Hucky konnte ich sein wie mit sonst niemandem.

Heute habe ich das Gefühl, wir sind einen ganzen Sommer lang abwechselnd am Kanal, am Fluss oder an den Bächen gesessen, haben auf den Mississippi geschaut und Katzen gerettet. Die Sonne machte unsere Köpfe blond. So blond wie nie mehr in meinem Leben.

Aber am allerschönsten fand ich es auf dem Friedhof bei den Kindergräbern.

»Wenn die sich nich' kümmern um Kinder, das is' normal. Keine Zeit und keine Lust, sowas ebend. Die hier, die sind aber schon lange tot. Das is' was anderes. Da muss man trotzdem nach gucken. Da reicht Verscharren nich'.«

Einmal traf ich den Büchermann: *Grüß deine liebe Mutter.* Ich war allein und gerade dabei, eine Rose, gelb wie Sanella, auszubuddeln, um sie auf einem der verlassenen Kindergräber einzupflanzen. Der Büchermann stand auf einmal da, an diesem Grab mit dem verwitterten Grabstein. Man konnte den Schriftzug nicht erkennen.

Er legte mir die Hand auf die Schulter und sagte nichts. Er nahm sie wieder weg, und ich machte weiter. Eine Zeit lang schaute er mir beim Arbeiten zu. Als ich fertig war mit Ausgraben, sagte er: »Wie heißt denn das Kind, das die Rose bekommt?« Er fragte es so, als ob das Kind noch lebte. Ich dachte kurz darüber nach, ob ich mir einen Namen ausdenken sollte. Das machten wir oft, den toten Kindern in den Gräbern Namen geben.

Ich zuckte mit den Schultern.

Er schaute auf das Buddelgrab. »Das hier war mal dein Großvater. Er war sehr speziell, und er liebte gelbe Rosen. Diese hier hat deine Mutter gepflanzt.«

Ich stand da, mit der ausgebuddelten Rose in der Hand, und fragte mich, woher er das wusste, das mit den Rosen, und wir schwiegen ein bisschen herum. Er drehte sich um und ging zurück zum Ausgang. »Komm doch mal bei mir vorbei, Tilda«, sagte er im Weggehen. Ich wusste nicht, ob er das wirklich gesagt hatte oder ob ich es mir nur gewünscht hatte. Der Satz hing über den Gräbern, aber der Büchermann ging einfach weiter, ging zurück in sein Haus voller Bücher, zurück zu seiner kranken Frau.

Ein paar Tage später saß ich auf meiner Bank, in der Nähe des Friedhofs. Die Bank war aus verwittertem Holz und sonnenwarm. Ich schaute einer Spinne zu, die mit Netzweben beschäftigt war. Der Büchermann setzte sich, die Sonne schien, er sprach mich erst nicht an, saß einfach neben mir: »Webspinnen bauen Netze, um ihre Beute zu fangen. Sie fressen Insekten, indem sie sie aussaugen.«

Wir saßen eine lange Weile und schauten auf den Fluss, auf den gegenüberliegenden Förderturm, das Spinnennetz. Die Sonne verfing sich in dem Netz und brachte es zum Glänzen. Ansonsten passierte nichts. Irgendwann stand er auf, der Büchermann.

Ich holte tief Luft und fragte schnell: »Wie ist das denn eigentlich, wenn man zwei verschiedene Augen hat, und – welches Auge ist Ihnen lieber, das grüne oder das braune, und – gucken Sie lieber durch Ihr Lieblingsauge oder durch beide zusammen, oder ist das egal? Oder geht das nur einzeln?«

Der Büchermann stand einfach da und sagte: »Ohne Spinnen könnten wir nicht existieren auf diesem Planeten, wir wären nach einem Tag erstickt. Wegen der vielen Insekten.« Er drückte mir ein paar Samentütchen in die Hand: »Versuch's mal damit. Und – grüß deine liebe Mutter.«

Ich habe den Samen auf das Grab meines Großvaters gestreut. Dort blühte später der Goldlack.

Hucky und ich machten weiter und schmückten Kindergräber. Ich erzählte ihm die Geschichte von den Spinnen, die dazu verdammt sind, von morgens bis abends ununterbrochen Insekten zu fressen, damit die Menschen nicht ersticken. »Du muss' angefangen, die Spinnen zu beschützen«, sagte Hucky. »Verflucht sind die Menschen, die Spinnen töten, scheiß auf die«, sprach Hucky in seine Pfeife.

Die Spinnen taten mir leid, sie taten mir leid, weil sie nicht machen konnten, was sie wollten. Hucky fand das auch. Meine Mutter saugte die Spinnen in unserem Haus einfach weg. Ich habe sie ein bisschen verflucht, aber sie hat trotzdem nicht aufgehört.

In der Nähe des Friedhofs gab es eine Brache mit kleinen Baggerlochseen, in der wir mit Kaffeefiltertüten Kaulquappen fingen. Die Kaulquappen taten wir in Einmachgläser, und die stellten wir auf die kleinen, frischgemachten Kindergräber, damit ein bisschen Leben war. Die Kaulquappen hielten sich nicht lange.

Einmal, als wir besonders schöne Beute gemacht hatten und ein von uns geschmücktes Kindergrab so königlich aussah, wie es sich gehörte, mit Gladiolen und Rosen und Kaulquappen, feierten Hucky und ich ein Fest. Wir feierten ein Mitternachtsfest. Der Friedhof war nachts nicht abgeschlossen, und wir konnten machen, was wir wollten. Wir störten niemanden, der Friedhof war weit genug entfernt von der Siedlung.

Aus unseren flackernden Grablichtern bildeten wir einen Kreis und tanzten. Wir hüpften über die Lichter und sangen japanische Lieder. Es war unser eigenes Japanisch. Ein Japanisch, das schöner klang als das echte.

Wenn wir hungrig und müde wurden, aßen wir eine ganze Prinzenrolle und zwei Tüten Haribo. Uns wurde schlecht, und wir legten uns nebeneinander, hielten uns an den Händen, lagen einfach nur da und warteten darauf, dass es wieder vorbeiging. Unter einer Kastanie übernachteten wir, und als wir froren in unseren Schlafsäcken, wärmten wir uns. Wir sprachen nicht viel, wir waren einfach zusammen.

Der Mond stand hoch, und alles war ganz ruhig, bis auf unseren Atem und auf einen schlaflosen, klopfenden Specht.

Beim Büchermann

Der Büchermann hatte ein schönes Haus mit einem Vorgarten und einem Türmchen mit Erker. Ich stand oft vor diesem Haus und schaute es einfach an.

Ich stellte mir vor, dort zu wohnen, mit einem großen Wohnzimmer, einem Kamin, einem zweiten Bad, in dem man nie gestört wurde, in dem man lesen konnte, solange man wollte, weil es ja noch ein anderes gab. Ich stellte mir ein Wohnzimmer vor, mit vielen Büchern und weißem, gutem Geschirr mit goldenem Rand.

Man kam dort nicht einfach mal so vorbei, das Haus lag weiter weg. Außerhalb. Es *lag* eigentlich nicht. Es *stand*. Freundlich und stolz stand es da und war ganz für sich. Es sah überhaupt nicht so aus wie die Siedlungshäuser, wo Leute raus und rein gingen und Geschrei von Kindern war.

Ich hatte einen Strauß Butterblumen gepflückt für die kranke Büchermann-Frau, die ich das letzte Mal vor ein paar Jahren in unserer kleinen Drogerie gesehen hatte. Sie sah lieb aus und ein bisschen wie ein windschiefes Haus. Die Büchermann-Frau trug damals einen Mantel mit Pelzbesatz. »Echter Persianer«, raunte man sich zu. Und kurze Zeit später, als sie krank wurde, fand man: »Hat ihr aber auch nichts gebracht.«

»Die hat Schwermut, sagte die Drogeriefrau, »sieht man vor allem bei Reichen. Bei reichen Frauen. Die kommen und kaufen Algen und so. Die muss man extra bestellen. Ich glaub's ja nicht! Nun ja, manchmal hilft es ...«

Die Drogerie in unserer Siedlung war ziemlich alt, es roch nach nassem Hund, obwohl es dort nie einen Hund gegeben hatte. Der Boden dort sah aus wie das Sofa von den Brockmanns, wie der Rücken eines Rauhaardackels, er hatte die Farbe und auch die Haare. Es gab einen großen Fleck vor der Verkaufstheke, den die Drogeriefrau immer mal versuchte, rauszuschrubben. An der Stelle wurde der Teppich aber einfach immer heller und sah aus wie der Rücken eines sehr *alten* Rauhaardackels.

Die Drogeriefrau hatte Rausfall-Augen. Ich hatte immer ein bisschen Angst, sie würden rauskullern, wenn sie zu laut sprach oder hustete.

Seit vielen Jahren hing ein Schneekoppe-Plakat in ihrem Schaufenster. Es war eigentlich immer schon da. Ab und zu stellte sie etwas davor. Küchenrollen im Angebot, Hornhauthobel, eine verstaubte Girlande oder Rotkäppchensaft. Das alte Schneekoppe-Plakat aber tauschte sie nie aus, es hing dort bis zum Schluss. Die Drogeriefrau war winzig. Fast so klein wie ein Zwerg. Ihr Mann war weg.

Meine Mutter meinte dazu: »Die kleine Schneekoppe-Frau ist schlau. Behauptet, sie führe eine Drogerie, dabei ist das nur ein Gemischtwarenladen. Aber Drogerie hört sich einfach besser an. Von der muss man sich fernhalten, der Mann hatte plötzlichen Männertod«, sagte meine Mutter. »Weißt du, Tilda, ›plötzlicher Männertod‹ heißt, er war auf einmal verschwunden. Der war hier unser ›Gastarbeiter‹. Der einzige. Kam aus Sizilien. Plötzlich war er weg und kam nie wieder. Entweder zurück nach Sizilien oder wasweißdennich. Er war viel größer als sie. Als Ehemann einer so kleinen Frau völlig untauglich. Der war auch gar kein gelernter Verkäufer, der stand da nur im Laden rum, trug einen Kittel und sprach kein Deutsch. Nicht mal singen konnte der. Wenigstens singen hätter ja mal können, als Italiener, oder?!«

»Vielleicht hatte er auch Schwermut?«, fragte ich.

Frau Schneekoppe blickte auf den winzigen Käfig, der von der Decke hing. Dort saß ihr Kanarienvogel. Er zwitscherte, wenn auch sehr leise. Er hatte sich aufgeplustert, den Kopf unter einen aufgeklappten Flügel gesteckt und putzte sich. »Hallo Piepmatz, immer schön munter bleiben.« Und mir flüsterte sie zu: »Das ist was Neurologisches, dass der so leise singt. Der bildet sich Sachen ein. Können Vögel sich was einbilden?« Sie schüttelte den Kopf. »Bisschen ballaballa, der Knirps.« Sie schaute ihn sich noch mal besorgt von allen Seiten an. »Hoffentlich fällt der mir nicht tot von der Stange, wenn ich aus Versehen mal den Gasherd anlasse.«

Frau Schneekoppe dachte kurz nach: »Schwermut muss man sich leisten können, so wie die Frau vom Büchermann. In meinen Augen ist Schwermut aber auch eine Frau in kurzen, zu engen Röcken mit Schlüpferflucht, wie die Brockmann. Aber was soll's, Schwermut hat viele Gesichter. Selbst Vögel scheinen so was zu haben. Aber dass der Piepmatz so leise singt, das ist schlimmer. Fliegt immer gegen die Schranktür. Die hat schon 'ne Delle. Nee, das ist was Neurologisches. Eindeutig. Kannste sagen, wasde willst.«

Man erzählte, dass die Frau vom Büchermann sich immer Kinder gewünscht hatte. Er auch. »Aber da kam nix bei ihr. Das kann eine Frau niederdrücken. Tja, der eine hat zu viel Pech, der andere zu viel Glück.«

Jetzt redete man in der Drogerie aber nur noch über den jungen Kommunisten. Wie gebildet er sprach. Wie freundlich er sei. Und zwar zu allen. *Obwohl er Kommunist ist.* Da bestand man drauf.

An diese Dinge dachte ich, als ich vor der Tür des Büchermannes und seiner Frau stand.

Ich war eingeladen und ich klingelte.

Es dauerte lange, bis der Büchermann öffnete. Er hatte eine schmuddelige Schürze um und sah nicht reich aus. Eher wie jemand, der Sachen tat, die er nicht wirklich konnte. Er schaute lange zu mir runter, er schaute mich an, wie eine Vase, die vielleicht einen Sprung hat, und man weiß nicht, ob sie noch zu kitten ist oder ob sie wegkann.

»Ich bin eingeladen«, half ich ihm auf die Sprünge.

»Oh, ja, natürlich.« Und nach einer Pause. »Heute?« Ich zuckte mit den Schultern.

Er zögerte: »Kannst du später noch einmal wiederkommen, meine Frau ...«

»Ich habe Blumen mitgebracht«, unterbrach ich ihn. »Butterblumen.«

Er: »Heute ist Samstag.« Ich sagte nichts.

»Na gut. Kannst du kurz warten?« Er nahm mir die Blumen ab und schloss die Tür. Ich wartete. Ich hörte leise Stimmen durch ein geöffnetes Fenster.

Ich wartete. Ich wartete eine lange Zeit. Es war heiß, und ich stand in der Sonne. Irgendwann hörte ich Schritte, die immer langsamer wurden und hörte ein Atmen direkt hinter der Tür.

Als er die Tür zum zweiten Mal öffnete, sah er aus wie immer. Ohne Schürze, und gekämmt war er auch. »Komm rein Tilda, wir können in der Küche einen Tee trinken.«

Mir war heiß vom Warten in der Sonne, und ich hatte großen Durst. Ich betrat den Vorraum, dort standen eine Kommode, darüber ein Spiegel und eine Garderobe ohne Mäntel, ohne was dran. Er führte mich durch einen langen Flur in ein Zimmer.

»Wo sind die Bücher?«, fragte ich. Der Büchermann antwortete nicht und lief einfach weiter.

Das Zimmer war keine Küche, aber auch kein Wohnzimmer. Irgendwas dazwischen. Auf dem Tisch standen zwei angeschlagene Tassen, eine Kanne und ein wenig Gebäck in einer Schale. Die Schale hatte einen Goldrand.

»Setz dich doch.« Wir saßen und sagten nichts.

Er goss mir Tee in meine Tasse und kippte ein wenig daneben. Ich trank rasch von dem lauwarmen Tee.

»Wie geht es dir?«, fragte er freundlich.

»Ich wollte mal Ihre Frau besuchen und Ihre Bücher sehen«, antwortete ich schnell, weil es stimmte. Meine Stimme klang pelzig.

Nach einer Pause sagte er: »Hier gibt es keine Bücher, und meine Frau ist krank, Tilda, das weißt du?«

»Ich habe Blumen mitgebracht.«

»Ja, nun.« Und nach einer Weile: »Soll ich dir vielleicht mal den Garten zeigen?«

»Wo *sind* denn die Bücher«, fragte ich. Ich wusste nicht, warum, aber mir standen plötzlich Tränen in den Augen. Mir war schwindelig und mir war immer noch heiß.

Der Büchermann schaute mich an und sagte: «Komm einfach Montag mal in die Bücherei, und ich zeige dir ein paar Bücher, die dir sicher gefallen werden, Tilda. Dann kannst du die Bücher für deine Mutter gleich mitnehmen.«

Er schwieg wieder. Die Butterblumen standen in einer schmalen, hohen Vase auf dem Tisch. Auch sie bekamen schlecht Luft. Ich stand auf, und die Vase fiel um. Die Tischdecke, weiß und mit Lochstickerei, wurde nass, und jetzt schluchzte ich. Ich konnte nichts dagegen tun.

Der Büchermann sah auf die Tischdecke, hob den Kopf und schaute mich an, so, als sei er wegen irgendetwas traurig, was ihn eigentlich nichts anging.

Er stand auf.

Er sagte nichts.

Ich ging schnell aus dem Zimmer, durch den Flur und verließ das Haus. Das Haus mit der kranken Büchermann-Frau, die man nicht besuchen sollte. Ich verließ das Haus ohne Bücher und rannte davon. Ich rannte zu dem Klohäuschen und wartete, bis es dunkel wurde. Erst dann lief ich nach Hause.

Kleine Hocker

Manchmal machte ich einen kleinen Umweg am Haus des Kommunisten vorbei und lief zu Onkel Sigis Werkstatt. Sie war klein und gemütlich, es roch nach Altöl, Schmiere und Gummi.

Seine Zettelwirtschaft lag dort immer chaotisch auf einem alten Holztisch herum und ich heftete sie nach Datum ab. Ich fand es schön, dort zu sein. Das wusste er.

Immer mal kam jemand vorbei, um ein bisschen zu plaudern. Der alte Postbote bekam einen Kaffee von Onkel Sigi und saß für eine Weile auf einem wackeligen, kleinen Hocker. Das störte ihn aber nicht. Für ihn war das *sein* Hocker. Er wohnte gleich ums Eck, und an seinem Postbotenfahrrad war immer etwas zu reparieren. Es war ein altes Fahrrad. Vielleicht war es sogar so alt wie unser Postbote, der sein altes Fahrrad liebte. Es wurde von Onkel Sigi immer wieder flott gemacht, nur das Quietschen musste bleiben. »Das Geräusch macht mich froh, Tilda, verstehst du?«

Er sprach mich manchmal auf die Postkarten aus Kuba an. Wie schön sie doch seien und wie herrlich auf den Postkarten doch immer das Wetter sei. »Ja, so ist das mit den Postkarten. Darauf scheint immer die Sonne. Deine Mutter hat Glück. Postkarte müsste man sein.«

Der Postbote fand das lustig und lachte über seinen Witz. Onkel Sigi und ich lachten mit, einfach, weil wir ihn mochten. Er war für eine Weile krank gewesen, und ein junger, schicker Postbote hatte ihn vertreten. Aber irgendwann kamen bei einigen Siedlungsleuten keine Briefe mehr an. Der Neue hatte die Briefe in den Kanal geworfen. Nach einer Weile wurde unser alter Postbote gesund und übernahm wieder.

»Mein lieber Onkel Schwan, war das öde ohne Arbeit. Und mein Fahrrad hat auch gelitten. Die Reifen waren vollkommen hinüber. Ich weiß nicht, wo der junge Mann damit überall gewesen ist.«

Das Fahrrad musste Onkel Sigi in seiner Werkstatt erstmal wieder auf Vordermann bringen.

Manchmal fuhr Gudruns Vater mit seinem rostroten Mofa an der Werkstatt vorbei. Er hielt kurz am Straßenrand und guckte auf Onkel Sigis Werkstatt. Mehr nicht.

»Er ist und bleibt ein Feigling«, sagte meine Mutter. »Anstatt dass er dem Sigi mal eins auf die Nuss gibt. Aber der rostrote Heinz ist und bleibt einfach eine arme Wurst, von innen heraus.«

Irgendwann in diesem Sommer kam Gudrun für eine Weile nicht mehr zu uns. Irgendwann in diesem Sommer saß sie eine Weile nur noch auf ihrer Treppe, kaute Kaugummi und sah nach nichts aus. Meine Mutter stellte ihr keine Fragen, und nach einer Zeit freute Gudrun sich wieder über Kaffee und langstielige Löffel. Sie freute sich aber irgendwie anders. Nicht mehr so hell. Sie nahm beim Freuen nicht mehr ihre Brille ab.

»Jedes junge Paar hat mal Streit«, meinte meine Mutter und starrte ihren Gedanken, dem Zigarettenrauch oder was weiß ich hinterher.

Wohnwagenwaschen

Immer wieder sah ich Herrn Brockmann bei den Wohnwagen, die er die Woche über wusch. Einmal ging ich zu ihm auf den Hof der Autofirma. Ich wollte endlich den Klang seiner Stimme hören.

Ob er sich richtig anhört.

Ich stellte mich neben ihn, er spritzte einen der Wagen mit einem großen Schlauch ab und schäumte ihn ein. Er wusch den Wagen mit einem riesigen Aufnehmer, den er immer wieder ins Wasser tauchte. Er machte das alles schnell. Man konnte nicht sehen, ob er es gerne machte. Er machte es einfach. Ich stand da und sah ihm bei der Arbeit zu.

»Wem gehören die Wohnwagen?«, fragte ich ihn.

Herr Brockmann stand auf einer kleinen Leiter, und kippte das Wasser aus dem Eimer über den Wagen. Immer und immer wieder machte er das. Er stieg von der Leiter, holte neues Wasser und kippte es über den Wohnwagen. Er nahm eine Zigarette aus seiner Schachtel, schaute auf den tropfenden Wagen und sagte nichts. Er saugte schnell und heftig, wie Gudrun, und warf fast die halbe Kippe weg. Ich konnte sehen, dass die Zigarettenfinger gelb waren.

Als er mit Rauchen fertig war, ließ er wieder neues Wasser in den Eimer laufen. Der Eimer fiel um, und das Wasser lief ihm über die Schuhe. Er beachtete es nicht und machte einfach weiter wie vorher.

Der Herr Brockmann ist wirklich eine arme Wurst. Er ist eine nasse Wurst, die Wohnwagen wäscht, damit sich seine Frau jedes Wochenende eine Frisur leisten kann.

Hauptsache Musikk

Wenn die Sommer zu heiß sind oder zu wenig passiert oder wenn man zu lange auf eine Stelle starrt, beginnen die Sätze mit »irgendwann«.

Irgendwann in diesem Sommer fing Onkel Sigi an, in schöner Regelmäßigkeit den kleinen Hügel, den roten Weg hinunterzugehen. Er ging in die Mau-Mau-Kolonie. Schöne Regelmäßigkeit, das waren Worte, die meine Mutter gerne benutzte.

»Mau-Mau-Kolonie ist aber auch sowas. Kein Mensch weiß, was das heißen soll. Diese in kürzester Zeit versifften und kaputten Siedlungen, was sollen die mit Mau-Mau zu tun haben? Nix. Eher mit Arschlöchern, denen alles egal ist, weil der Staat wieder einspringt. Arschlöcher sind das, Arschlöcher, die keinen Respekt haben vor fremdem Eigentum.«

Meine Mutter bügelte. Sie bügelte wutschnaubend, sie bügelte sich in Rage. Sie bügelte rasch und gekonnt Onkel Sigis weißes Cottonovahemd. Sie bügelte es immer erst, kurz bevor er losging, zack, zack am Küchentisch, die Kippe im Mund. Wenn sie so gereizt war, hatte ich das Gefühl, sie bügelt die Hemden in Grund und Boden, so wie die Mau-Mau-Leute ihre Kolonie in Grund und Boden bewohnten. Sie ließ das Hemd runterkühlen, indem sie es in der Hand hielt, den Arm ausgestreckt.

»Du lässt das Hemd am langen Arm verrecken«, sagte Onkel Sigi und lachte.

Es war schön, das Lachen, die Kippe, der Geruch beim Runterkühlen des Hemdes in unserer Küche. Onkel Sigi rasierte sich am Waschbecken und sang dabei. Wenn er mit Rasieren fertig war, setzte sich Onkel Sigi mit nacktem Oberkörper und seiner weißen Anzughose an den Küchentisch, trank schwarzen Kaffee und wartete. Über seine Hose legte er ein rosafarbenes Frotteehandtuch, wegen der Flecken.

»Schwester, sag schon: ›ein Hemd am langen Arm verrecken lassen‹, das ist eine falsche Metapher, sag's schon.« Onkel Sigi liebte das Wort Metapher und benutzte es, wann immer er Spaß daran hatte. Er kitzelte meine Mutter, damit sie lachte.

Onkel Sigi trank Unmengen von schwarzem Kaffee, bevor er in die Mau-Mau-Kolonie ging. Wenn das Hemd soweit war, zog er es mit Hilfe meiner Mutter an, sie die Kippe im Mund, er den Becher Kaffee in einer Hand. Meine Mutter band ihm eine rote Fliege um.

Er küsste sie auf den Mund: »Ciao.«

Meine Mutter küsste ihn zurück und lächelte nachsichtig: »Gina hat zwar Abitur, aber sie ist eine polnische Zigeunerin, sie versteht kein Italienisch. Außerdem ist sie zu jung für dich.«

»Egal. Pollackin oder Italienerin, Hauptsache Musikk«, sagte Onkel Sigi. Er sprach Musik wie »Musikk« aus, warf sich seine Anzugjacke über die Schulter, zog seine weißen Schuhe an und ging pfeifend aus der Tür.

Meine Mutter sah ihm hinterher: »Sie ist gar nicht sein Beuteschema, auch von der Bildung her nicht, aber Mau-Mau-Gina ist eben eine *echte* Zigeunerin. Davon kann er nicht lassen. Er ist verrückt nach sowas«, sagte meine Mutter und zeigte mit dem großen Schuhanzieher auf Onkel Sigi, der zwei Stufen auf einmal nahm. Alle Häuser hier in der Siedlung hatten solche Treppchen. Fünf Stufen direkt zur Küche.

»Weißt du, Tilda, sich auf die Mau-Mau-Leute einzulassen, das ist die reine Blödheit von dem Sigi. In der Mau-Mau-Kolonie wohnt der Sozialadel, seit Generationen leben die da von der Wohlfahrt. Doof wie Schifferscheiße. Faul wie Altöl. Wollen nix lernen. Die werden Sigi das Fell über die Ohren ziehen, Tilda. Onkel Sigi ist einfach zu gut. Diese Uneinsichtigkeit im Blöden, das liegt in unserer Familie. In unserer Familie sind in gewisser Weise alle zu blöd und zu gut. Und das ist im Grunde auch das Gleiche. Merk dir das.« Meine Mutter schüttelte mit dem Kopf. »Rennt dem blauen Mau-Mau-Mädchen hinterher. Die Gina will den doch gar nicht. Das muss er mal einsehen. Na ja, aber besser als die Lügen-Hilde. Auf jeden Fall besser.«

Sie wischte sich mit dem Geschirrhandtuch durchs Gesicht und kratzte sich mit dem Schuhanzieher an der immer gleichen Stelle hinten an der Hacke.

»Das ist keine Hitze mehr, das ist eine Invasion.« Sie schnipste ihre Kippe in den Hof. Wenn Onkel Sigi später die Zigarettenkippen geduldig aufsammelt, wird sie rufen: *Das ist mein gutes Recht. Was hat man denn noch vom Leben*. Dann wird sie lachen.

Jetzt aber schlenderte Onkel Sigi in seinem heruntergekühlten Cottonovahemd die Straße runter. Runter in die Mau-Mau-Kolonie. Er machte immer alles langsam. Denken, gucken und malen. Langsam oder gar nicht. Wenn Onkel Sigi die Straße runter zur Mau-Mau-Kolonie ging, wedelten die Gardinen an den Fensterscheiben unserer Siedlung. Manche Vorhänge wedelten leicht, manche hörten gar nicht mehr auf. Es war wie ein Fest. Ein Wedelfest.

Onkel Sigi mochte es. Manchmal stoppte er, schaute auf eine wedelige Gardine und schlackerte mit den Hosenbeinen. »So wedle ich elegant zurück«, erklärte er mir.

»Wenn das die Brockmann erfährt. Wo der jetzt immer hingeht, der Sigi, meine ich. Wenn sie es nicht schon weiß. Dann ist Panhas auf dem Christbaum. Aber richtig. Sie weiß ja nicht, dass Gina ihm das Türchen zuhält«, sagte meine Mutter. »Wenn das mal gut geht«, murmelte sie.

Ich stellte mir rotweiß gesprenkelte Blutwurstscheiben vor, Blutwurstscheiben, die an einem Christbaum hängen.

»Nun ja«, sprach sie weiter, »alles hat seinen Preis, vor allem Onkel Sigis Drang hat seinen Preis. Jeder muss seinen Preis bezahlen, du übrigens auch, und nicht zu knapp, wenn du so weitermachst. Werde aufsässig, Kind, sieh zu, dass du Land gewinnst. Nicht immer nur auf Streife gehen«, das waren ihre Worte. An diesen Satz musste ich denken, als das Polizeiauto in Richtung Friedhof fuhr.

Gina oder Blaue Augen

Die Mau-Mau-Kolonie bestand aus roten Backsteinhäusern vorne mit jeweils einem Hof, hinten gab's ein bisschen Grün, um das sich keiner scherte. Eine Kolonie mit ein paar kargen Bäumen.

Gerade einmal zwei Jahre standen die Häuser da, wie Zacken an einem Kamm, trotzig und runtergerockt. Vorher waren dort Holzbaracken. Jetzt war aus den Holzbaracken eine Elendssiedlung in Backstein geworden. Hier lebten die unterschiedlichsten Menschen zwischen klein und groß, zwischen früh alt und jung von der Kandare gelassen. Dann die Jungen, die Pfiffigen, die vielleicht noch Blick hatten. Vielleicht. Aber auch richtige Assis. Und Gina.

Gina hatte Abitur und hörte Platten von Nina Hagen. Sie war mir aufgefallen, schon bevor sie im Kaiserhof arbeitete und Onkel Sigi ein Auge auf sie geworfen hatte. Gina sang in einer Band und war in der Mau-Mau-Kolonie zur Welt gekommen. Ihre Eltern und Großeltern hatten da schon gelebt, als noch die Holzbaracken standen.

Gina war schlau. Als sie das erste Mal in den Kaiserhof kam, half ich gerade in der Küche aus. Ich sah erst ihr blaues Haar, und die Männer sprachen leiser, damit sie besser gucken konnten. Sie setzte sich an den Tresen und bestellte Whiskey Cola. Es war später Nachmittag, sie hatte diese blauen Haare und war keine Frau aus der Siedlung. Sie guckte auf die starrenden Männer. Sie grinste sie an, ohne sie blöd zu finden.

»Na Jungs, sonst alles klar?«

Mehr nicht. Die Stelle als Kellnerin bekam sie gleich am nächsten Tag.

Ich versuchte immer, da zu sein, wenn sie Schicht hatte, drückte mich in der Küche herum und machte mich unsichtbar, um sie besser kennenzulernen. Hin und wieder hatte

Gina einen kleinen Jungen dabei, der ein Kabel in die Luft hielt und vor sich hinmurmelte.

Irgendwann musterte sie mich. »Der tut nix, der will nur spielen!« Sie grinste: »Hör zu Kleine, wenn du schon da bist, kannste auch mit anpacken.«

Als ich sie fragte, wer der Junge ist, sah sie für einen klitzekleinen Moment aus wie meine Mutter an ihren Wollmäusetagen. »Niemand.«

Dann lachte sie und sagte: »Du aber, du bist die Prinzessin des Zwischenreichs. Kapiert? Tresen und Küche. Wichtiger Job. Enttäusch mich nicht.« Sie rief mir die Bestellungen zu, und ich gab sie weiter. Der Junge spielte weiter mit seinem Kabel.

Wenn die Chefin keine Zeit hatte oder ausfiel, kochte Gina und ich half ihr. Wir sprachen nie viel miteinander. Gina sagte höchstens sowas wie: »Du rennst zu viel alleine durch die Gegend, Tilda. Du sitzt zu viel auf verrußten Mauern, die nicht für dich bestimmt sind. Das ist nicht gut für ein Mädchen in deinem Alter. Hast du keine Freunde?«

»Doch«, sagte ich schnell. Ich machte eine unbestimmte Handbewegung. Mir war es unangenehm, dass sie mich gesehen hatte, auf dem Mäuerchen beim Kommunisten.

Sie guckte mich skeptisch an: »Hattest du schon mal Sex?« Ich antwortete nicht. Sie tippte an meine Schulter: »Ehrlich!«

Ich hatte Nebel im Kopf, als ich fragte: »Du?«

»Sicher.«

»Und, wie lange dauert das?«

»Kommt drauf an. Manchmal kann es schnell gehen.«

Gina sagte: »Du bist mir noch eine Antwort schuldig, Mauermädchen.« Lachend ging sie wieder in den Gastraum. Ich mochte eigentlich, wenn sie lachte. Jetzt mochte ich es gerade nicht.

Den Männern im Kaiserhof schmeckten ihre Kartoffelpuffer. Es war das Einzige, was sie kochen konnte. Für mich waren es die leckersten Kartoffelpuffer, die ich je gegessen hatte. Das ist bis heute so geblieben.

»Die hat Leidenschaft, und die hat kein Mitleid, mit niemandem.« Onkel Sigi bestellte sich seinen Whiskey Cola und blieb ganze Abende im Kaiserhof. Das tat er sonst nie. »Gina behandelt die Gäste wie ihre Leute in der Mau-Mau-Kolonie. Sie haut einem schon mal ihre Wahrheiten wie einen nassen Lappen in die Fresse, das macht sie aber mit Herz. Das spüren die Leute, dass die Herz hat und nicht blöd ist dabei. Die Gina ist schlau und gibt damit nicht an. Außerdem trinkt sie auch schon mal einen Schnaps mit den anderen, und ihre Kartoffelpuffer sind wirklich unschlagbar.«

»Mein Gott, nasser Lappen, ja, das soll sie sich mal gleich wieder abgewöhnen. Damit kommt man nicht weit. Gerade als Frau nicht. Und überhaupt, die soll sich mal beruflich orientieren, schneller als man denkt, ist man in der Schnapsfalle und kommt da nie wieder raus. Dafür ist die noch zu jung. Außerdem, die blauen Haare sind schon seltsam. Aber, na gut, besser als dieses Klimakteriumsrot von den Siedlungsfrauen. Warum zieht sie nicht weg aus der Mau-Mau, frage ich mich, das ist doch nicht normal, dass so jemand wie die Gina nicht wegzieht«, sagte meine Mutter.

»Die ist eben gerne da, und die Leute brauchen sie, die ist nett zu allen und hat Elli letztens beim Kreuzworträtsel geholfen. Die Gina weiß ganz schwierige Sachen und ist trotzdem in Ordnung. Und, sie hat *meinen* Humor.« Onkel Sigi hatte einen Glanz auf der Stimme.

Onkel Sigi ging gern in die Mau-Mau-Kolonie, das konnte man merken. Er ging aber weiterhin zu Frau Brockmann. Nicht mehr jeden Morgen, aber immerhin. »Was weg muss, muss weg«, sagte meine Mutter.«

Nachmittags war er in seiner Werkstatt, danach kam er nach Hause in unsere Küche, malte, abends verschwand er in den Kaiserhof und samstags in die Mau-Mau-Kolonie.

Irgendwann in dieser Zeit hatte er keinen Schnäuzer mehr und Frau Brockmann ein blaues Auge. »Volltreffer«, und, »da ist sie selbst schuld, sowas kommt vor«, sagte meine Mutter, und »Liebe tut weh«. Sie zuckte ihre fleischfarbenen Achseln.

»Hat der Brockmann ihr eine getunkt? Ha, hat er wohl doch einen Arsch in der Hose? Kann ich mir eigentlich nicht vorstellen. Na ja, wenn die Brockmann wüsste, in wen Gudrun sich verguckt hat, würde sie wahrscheinlich versuchen, ihrer Tochter den Freund auszuspannen«, pflaumte meine Mutter und blies verächtlichen Rauch in die Küche.

Hilde Brockmann erzählte irgendwann im Kaiserhof, als Onkel Sigi immer seltener bis gar nicht mehr zu ihr kam, dass er ihr das blaue Auge verpasst hätte. Hat aber keiner geglaubt. »Onkel Sigi war's nicht. Das war ihre Wut und ihre Absicht. Das war ihr eigener Türrahmen. Der Sigi schlägt keine Frauen. Der nicht. Der ist kein Mann für blaue Augen.«

Als meine Mutter tanzte

Ich hatte Onkel Sigi immer wieder mal gefragt, ob er wüsste, was meine Mutter eigentlich tat an den Sonntagen, an den Tagen, an denen sie ihre innere Ruhe brauchte. »Später«, sagte er.

An einem der Sonntage in jenem Sommer, nachdem wir aus dem Kaiserhof zurückgekommen waren, sagte Onkel Sigi: »Los, komm mit, Giraffe.« Er brachte mich zu dem Kirschbaum in unserem Garten. Der Baum, an dem früher eine Schaukel gehangen hatte.

»Rauf, klettere rauf«, sagte er zu mir, »klettere rauf, damit Ruhe ist.« Er nahm mich auf seine Schultern, lang und dünn, wie ich war. Ich setzte mich auf einen Ast und sah meine Mutter in ihrem Zimmer. Onkel Sigi stand unten und kaute an einem Grashalm. Er lehnte sich dabei an den Stamm des Baumes und summte leise vor sich hin.

Von meinem Platz aus konnte ich alles gut sehen.

Ich konnte sehen, wie meine Mutter tanzte. Meine Mutter tanzte allein in ihrem Zimmer. In dem Zimmer, das ich nicht betreten durfte. Ich hatte meine Mutter noch nie tanzen sehen. Sie trug das nachtblaue Kleid aus Samt mit einem Tellerrock. Sie trug schwarze Seidenstrümpfe. Ohne Schuhe. Ihre Haare lagen wellig auf ihren Schultern, ein paar waren hochgesteckt. Meine Mutter hielt einen kleinen Spiegel in der Hand, einen Spiegel mit einem Griff aus Rosenornamenten.

Sie sah lange in den Spiegel, und dann küsste sie ihn. Das sah unheimlich aus. Unten lehnte Onkel Sigi an dem Kirschbaum und summte.

»Hat sie ihn schon geküsst, den Spiegel?«, rief er leise. Ich blieb stumm.

Und meine Mutter tanzte. Durch das Fenster hörte ich leise Musik. Irgendeine Art Musik, wie ich sie noch nie gehört hatte. Eine wehe Musik. Klaviermusik mit einem langen Geigenton. Meine Mutter gab sich selbst ein Fest.

Nach einer Weile zog Onkel Sigi an meinem Bein. Ganz sanft. »Mehr passiert nicht«, sagte er leise. »Komm runter.« Den Grashalm warf er summend in die Wiese.

Als ich wieder unten war, nahm er meine Hand, und ich hatte das Gefühl, dass es in meinem Kopf schneite. Das war schön, denn ich hatte lange keinen Schnee mehr gesehen. Von nun an saß ich oft in dem Kirschbaum und schaute in den Mond. Sonntags sah ich meiner Mutter beim Tanzen zu. Und seitdem bin ich sicher, dass jedem Menschen auf der Welt ein eigener Baum zusteht.

Mitte des Sommers

Es war die vorletzte Folge an einem Huckleberry-Finn-Sonntag, als Gudrun fehlte. Auch nach dem Stillen, kurz bevor es losging, war sie noch nicht da. Alle schauten auf mich, und ich schaltete den Fernseher an. Das war schön.

Frau Brockmann sagte, dass Gudrun nicht zum Frühstück gekommen sei, das wäre aber schon öfter vorgekommen, sie hätte sich nichts dabei gedacht. Nach dem Fernsehgucken, als Gudrun immer noch nicht da war, machten sich ihr Vater, Onkel Sigi, und eine Gruppe Siedlungsmänner auf die Suche. Frau Brockmann machte sich Sorgen. Das konnte man sehen. Ihre Frisur hing in Schräglage und sie drückte Herrn Brockmann das Jüngste in den Arm, ohne hinzugucken. Das machte sie sonst nie.

Die Männer verteilten sich, ich lief Richtung Friedhof. Die Suche dauerte nicht lang. Onkel Sigi war es, der Gudrun erschlagen in den Kitzelbüschchen fand.

Onkel Sigi sagte: »Lauf zu deiner Mutter und bleib bei ihr, los.«

Ich rannte nach Hause, meine Mutter blies Rauch aus dem Fenster und ich pulte in der Sofaritze. Es war später Nachmittag, als das Polizeiauto Richtung Waldfriedhof fuhr. »Die Polizei macht viel Lärm und Blaulicht, störend für die Toten«, murmelte meine Mutter.

Irgendwann gingen wir ins Bett. «Morgen ist auch noch ein Tag«, sagte sie. Es war Vollmond. Die ganze Nacht.

Onkel Sigi war nicht nach Hause gekommen. Gina kannte die Jungens auf der Wache und wusste deshalb, was los war. »Die Brockmann hat behauptet, dass der Sigi zugegeben hat, dass *er* es war.«

Meine Mutter schnaubte.

»Ja, Sigi hat ihr angeblich erzählt, dass er nicht mehr weiß, was genau passiert ist. Hat sich angeblich mit Gudrun gestritten, und da hätte dann dieser Stein gelegen. Und dann hat sie sich nicht mehr gerührt. So in etwa hat sie das ausgesagt.«

»Das haben die Jungs dir erzählt? So ein Miststück, so ein perfides«, rief meine Mutter und jaulte auf.

»Ja, aber ich darf's eigentlich nicht rumerzählen.« Aufgebracht redete Gina weiter: »Egal, die Gudrun lag plötzlich da. Soll der Sigi zur Brockmann gesagt haben. Als die Gudrun so tot dalag und alles voll Blut, ist er nach Hause. Und nachmittags zum Fernsehgucken, als ob nix gewesen wäre. Er hat ja Suchen geholfen. Hat sie ja gefunden. Der Sigi soll gleich am nächsten Morgen zu ihr hin sein, rumgeheult haben und der Hilde Brockmann gesagt, er hätte Gudrun ohne Absicht totgeschlagen, und es täte ihm leid und der Schock und überhaupt.«

Für einen Moment war es still in unserer Küche.

»Aber der wird man doch nicht glauben, oder? Da geht man doch nicht zu der Mutter, wenn man ihr Kind totgeschlagen hat. Selbst bei der Brockmann macht man sowas nicht.«

Meine Mutter sah eingefallen aus, als Gina sagte: »Das wollen wir nicht hoffen. Das weiß doch jeder, dass der Sigi kein Abgebrühter ist, jeder weiß das! Aber er hatte wohl noch eine ganze Weile gewartet, bis er die anderen rief. Die glauben jetzt, um Spuren zu beseitigen. Er wollte ihr doch nur noch ein bisschen nah sein, bevor er die anderen holte. So ein Idiot«, sagte sie leise.

Onkel Sigi wusste von gar nichts. Er wäre Sonntagvormittag, als das mit Gudrun passiert ist, allein in seiner Werkstatt gewesen. Das macht er manchmal, wenn viel liegen geblieben ist. Frau Brockmann wäre auf Rachefeldzug, sagte er der Polizei.

Meine Mutter und Gina fanden das auch. »Aussage gegen Aussage. Punkt. Der wird man nicht glauben.«

Es ging nicht gut aus für meinen Onkel, er wurde festgenommen. Das Blut an seiner Hose. Onkel hatte kein Alibi und kam in Untersuchungshaft.

Gina fand einen Rechtsanwalt, jung und unerfahren. »Der ist auf unserer Seite. Das ist mal das Wichtigste«, meinte Gina, »der Rest kommt dann schon. Und wenn der Junge den Faden verliert, hat er ja noch mich.« Sie zwickte mich freundschaftlich.

»Das hat der Sigi nun davon, er hat einen Fehler in seinem Drang gemacht. Einen schweren Fehler, ich hab's doch gesagt«, jammerte meine Mutter und hustete.

»Die Brockmann ist noch schlimmer, als ich es mir jemals hätte vorstellen können. So ein rachsüchtiges Lügen-Weib. Aber was hat der Sigi auch immer in den Kitzelbüschchen zu suchen«, rief meine Mutter.

Onkel Sigi war weg. Er war ganz und gar weg. Er fehlte. Er fehlte am Waschbecken, am Tisch, am Spiegel, überall war er weg. Überall war er nicht mehr da.

Mein Laufhunger steigerte sich, die Tage schleppten sich, ich rannte nur noch. Bis ans Ende der Welt hätte ich laufen können. Viel weiter als bis zu den Kitzelbüschchen kam ich nicht. Die waren verwaist. Da war niemand mehr. Ich lief im Kreis.

Bei Gericht und Ausgelöffelte Fröhlichkeit

Onkel Sigi wurde der Prozess gemacht, und Gina fütterte den Siedlungschor mit Einzelheiten der Gerichtsverhandlungen. Manchmal kam sie direkt zu *uns* nach Hause: »Hört mal, der Sigi sieht scheiße aus, bleich.«

»Wie der Tod«, flüsterte meine Mutter, obwohl sie nicht dabei war. Sie nicht und auch ich nicht.

Sie nicht, weil sie bei Tageslicht nicht vor die Tür ging, ich nicht, weil ich noch nicht »das Alter« hatte. Ich bat Gina, mich mitzunehmen. Aber sie winkte ab. Immerhin waren die Tage weniger lang, wenn Gina von den Gerichtsverhandlungen erzählte. Sie erzählte so, dass ich Onkel Sigi und alle anderen vor mir sehen konnte.

An einem besonders heißen Tag bin ich alleine mit dem Bus in die Stadt gefahren. Dahin, wo das große Gefängnis ist. Ich habe mich hingestellt und geschaut, ob ich ihn sehen konnte, an einem der Fenster. Es winkte jemand, aber ich konnte nicht erkennen, ob es Onkel Sigi war. Ich wusste nicht, wie es in einem Gefängnis aussah. Vielleicht so wie das Gefängnis bei Tom Sawyer und Huckleberry Finn? Einfach eine Pritsche und sonst nix, wie für den Sklaven Jim. Dem Jim hatte man auch nicht glauben wollen. Fast hätten sie ihn aufgehängt. Bis rauskam, dass Indianer Joe der Mörder war.

Ich wusste, dass man meinen Onkel nicht aufhängen würde, aber vielleicht müsste er lange im Gefängnis bleiben. In dem engen Gefängnis, ohne das Essen meiner Mutter und ohne die Frauen, die gemalt werden mussten.

Gegenüber dem Gefängnis suchte ich mir ein Schattenplätzchen und setzte ich mich auf die Hausmauer. Da lagen unzählige Kippen rum. Bestimmt hundert. Ich fragte mich, wer die wohl geraucht hatte. Frauen, die auf ihre gefangenen Männer warteten. Vielleicht hatte ja schon mal jemand hier geschlafen, auf der Hausmauer im Schatten, oder die ganze Nacht hier gesessen und geraucht. Ich wartete noch ziemlich lange. Ich hoffte, dass Onkel Sigi wenigstens mal ans Fenster käme. Aber er kam nicht. Als es dunkel wurde, legte ich meine Blumen auf die Mauer zwischen die Kippen und fuhr nach Hause.

In dieser Nacht sah ich Onkel Sigi an einem Strick hängen. An einem Strick in der Zelle vom Sklaven Jim.

Gina war jetzt der einzige Besuch in unserer Küche. Gina mochte keinen Kaffee und keine langstieligen Löffel. Sie trank Cola. Die Cola brachte sie mit. »Die suchen Gudruns Fahrrad und ihre Brille.«

»Kommt die Brockmann auch hin, zu den Verhandlungen?«, fragte meine Mutter.

»Jep, kommt oft. Das soll einer verstehen. Sie bringt die Kinder von Sigi mit. Wie drei Möpse, die auf ihr Fressen warten, sitzen die da.« Gina mochte Kinder nicht. Vor allem die von Frau Brockmann waren ihr ein Dorn im Auge.

»Die sitzen abwechselnd auf ihrem Schoß. Die Kinder *mit* Onkel Sigis Zehen. Sie hat diese Hochsteckfrisur, die sie jeden Tag erneuern lässt ...«

»Das kostet«, warf meine Mutter ein.

»... diese Hochsteckfrisur, die sie sonst nur am Wochenende trägt.«

»Genauer. Wie sieht sie aus?«

»Sie sieht schön aus und herzkrank.«

»Genauer.«

»Wie gemalt.«

»Schaut Sigi sie an?«

»Nein. Nie.«

»Weint sie?«

»Weint nie, manchmal ist die Frisur in Schräglage, sonst merkt man ihr nichts an. Gibt sich Mühe, schön zu sein, wie gemalt eben.«

»Wird ihr nix nützen. Die Brockmann hat den Sigi in den Knast gelogen, da wird er früher oder später wieder rauskommen«, meinte meine Mutter, »und dann ist Schicht im Schacht. Finito la musica.« Sie ging zum Waschbecken und warf sich Wasser unter die Achseln. »Einer Mutter, der es egal ist, ob der wirkliche Mörder ihrer Tochter frei rumläuft, was ist das für eine Hyäne. Bei dieser Frau vertanzt sich nichts mehr, gar nichts, damit kenn' ich mich aus. Irgendwann ist die reif, die Lügen-Hilde.«

An diesen Tagen war es brütend heiß. Der Sommer war fast vorbei, aber die Zeit zog sich hin. Manchmal hatte ich Glück und fand Huckleberry Finn am Fluss.

»Weißt du Hucky, meine Mutter kocht nicht mehr, es gibt keine Bratkartoffeln, auch keine Suppe, und sie trägt keinen Kittel mehr. Nur noch den Unterrock. Den hellen. Mit einem Fettfleck unten links. Es gibt Brot mit Margarine und Leberwurst. Meine Mutter isst so gut wie gar nichts mehr. Sie sieht mich an und sagt so Sachen wie: Jetzt haste auch so eine Graubrotkindheit wie ich sie hatte. Aber ich kann es grad nicht ändern. So was sagt meine Mutter.«

Huckleberry Finn schaute mich an, zog an seiner Pfeife und hielt sie mir hin. Aber sie schmeckte mir nicht.

In dieser Zeit roch es bei uns nach abgestandenem Leben und ausgelöffelter Fröhlichkeit. Davon hat sich das Haus nie mehr so richtig erholt. Ich vermisste unser Leben und hätte mich gerne mal auf Gudruns Treppe, die vor ihrem Haus, gesetzt. Aber meine Mutter fand das eine Unmöglichkeit. »Da gehst du nicht mehr hin, nie mehr. Gudrun hin oder her«, sagte sie mit roten Augen.

Nein, für Onkel Sigi ist es nicht gut ausgegangen. Frau Brockmann blieb bei ihrer Aussage, und das Blut an Onkel Sigis Hose war Gudruns Blut.

Und Hucky? Ich wusste nicht, wie es überhaupt weitergegangen war, das Leben am Mississippi, ob er sich hatte befreien können aus dem ungeliebten Leben bei der Witwe, und wenn ja, ob er glücklich geworden war, allein auf dem großen Wasser.

Mir fehlte exakt die letzte Folge.

Hilde Brockmann sagte aus, dass Onkel Sigi sie manchmal geschlagen habe, dahin, wo man es nicht sieht, und dass er immer auch ein Auge auf Gudrun geworfen, ihrer Tochter nachgestellt hätte. Vor ein paar Wochen, als sie zu ihm gesagt hatte, lass die Finger von meinem Kind, soll er sie *wieder* geschlagen haben.

»Die läuft so lange vor den Türrahmen, bis sie ein blaues Auge hat, die Lügen-Hilde. Ein widerliches, verleumderisches Weib. Die Nadeln von ihrem Haarteil sollen sie durchbohren, Hirn ist da eh nicht.« Das war die Meinung meiner Mutter.

Ich setzte mich an den Fluss und wartete auf Huckleberry Finn. Er blieb immer öfter weg. Zum ersten Mal in diesem Sommer fühlte ich mich allein.

Und wie ein Spinnennetz seine Zeit braucht, um leicht und ruhig seinen Platz einzunehmen, entspann sich genau so eine Art Netz in meinem Kopf. Dahinter waren eine Nebelwand und noch etwas anderes.

Auf dem Fußballplatz steht das Waisenhausmädchen

Das Leben lief dickflüssig und mit langem Atem einfach weiter. Auch die Samstage auf dem Fußballplatz.

Samstags war der Rand des Fußballfeldes wie ein Marktplatz. Da standen die Männer zusammen auf dem Hügelrund und es wurde über die Welt gesprochen. Über die Welt in der Siedlung. Die Stimmen des Siedlungschors waren hitzig, aber keiner glaubte an Onkel Sigis Schuld: »Jedenfalls war es keiner von uns. Auch der Sigi nicht. Der schlägt niemanden tot, gerade die Frauen nicht. Gerade die nicht. Aber er muss sich nicht wundern, dass man ihn im Visier hat. Jahrelang zu der Brockmann, ein Kind nach dem anderen, also ehrlich, da macht man sich schon verdächtig.«

»Quatsch, der Sigi, der war's nicht«, murmelten die Siedlungsfrauen in ihren Häusern und rührten in ihren Suppen. »So isses«, sagte Elli. »Was hätte er denn machen sollen, hier gibt's ja nix. Der Sigi, der war's nicht. Der Sigi ist ein Guter. Der bezahlt mich, wenn er aufs Klo geht. Weil ich da saubermache. Müsste er nicht.« Alle nickten und schauten wieder auf den Platz, auf dem sich die Spieler warmliefen.

Ich sah wieder dieses fremde Mädchen. Sie stand etwas abseits auf dem Hügelrund und schaute sich einfach so um, ohne dass etwas zu erkennen war auf ihrem Gesicht. Ich fragte mich, ob sie eines der Waisenkinder war. Was sollte sie sonst sein. Es gab hier sonst keine fremden Kinder. In der Nähe des Fußballplatzes gab es dieses Waisenhaus. Ein paar Kinder von dort gingen in unsere Schule. Sie nicht. Sie musste neu sein.

Die Kinder von dort schauten so, als hätte man sie zu irgendetwas überredet. Ihre Haare waren gerader geschnitten, vor allem der Pony. Die Kinder von dort blieben meist unter sich. Das neue Mädchen aber guckte nicht wie die anderen Waisenhauskinder. Es guckte wie niemand sonst. Sie harrte in der Hitze aus und schaute aufs Spielfeld. Niemand sprach mit ihr, und niemand guckte zu ihr rüber. Jedenfalls nicht direkt. Ohne beachtet zu werden, stand sie einfach da und wartete auf Augen und Wörter von uns.

»Dieses Waisenhaus ist seltsam«, sagte meine Mutter, die dort mal als Köchin ausgeholfen hatte, »Waisenhäuser sind sonst überall gleich. Ich glaub', das hier ist was Religiöses.«

»Die können einem leidtun, die Kinder in ihren Hochwasserbuxen«, sang der Siedlungschor hinter vorgehaltener Hand und ging ihnen aus dem Weg.

Über die Waisenkinder sprach man immer hinter vorgehaltener Hand. Sie direkt anzusprechen, wäre zu weit gegangen. Worüber hätte man auch sprechen sollen? An so einem Tag, an einem Fußball-Samstag, da hatte man in der Siedlung keinen Kopf für ein Mädchen in Hemd und Fliege.

Das fremde Mädchen trug ein viel zu großes Hemd mit einer Fliege, wie sie sonst nur alte Männer tragen, und eine Hose, wie die von Huckleberry, eine verwaschene Hose, die zu kurz war. Das Mädchen war farblich aufeinander abgestimmt, als gehörte es zu den verbrannten Gräsern rund um das Feld. Ich stellte mich in ihre Nähe, um zu sehen, was sie denkt, und hätte ihr gerne etwas Schönes erzählt. Sie sah so aus, als hätte sie Träume, von denen sie niemandem erzählen konnte. Als lägen in ihren Träumen morgens Brötchen mit guter Butter auf einem Teller, und Servietten. Als gäbe es Eltern, die winken, wenn sie aus dem Haus geht. Oder wenigstens eine Schwester, die ihr ähnlichsieht. Ich sah sie aus den Augenwinkeln an, es war heiß, und dem Kind in der zu kurzen Hose mit der Fliege um den Hals lief eine Träne übers Gesicht, als könnte sie meine Gedanken lesen. Vielleicht war es aber gar keine Träne, sondern ein Insekt. Sie sah so aus, als könnten wir gemeinsam japanische Lieder singen. Ich kniff die Augen zusammen und wünschte ihr einen Freund wie Huckleberry oder wenigstens andere Hosen.

Die Spieler liefen müde, wie mit Dämpfeisen an den Füßen über den Platz.

Der Fußballplatz war genau an der Grenze zwischen der Siedlung und der Mau-Mau-Kolonie. Die Siedlungsmänner mussten sich den Platz mit den Mau-Maus teilen. Am Wochenende waren sie *eine* Mannschaft, nicht Gegner. Sie hielten zusammen. Ungern. Es war beiden Seiten ein Dorn im Auge, und es gab immer ausreichend Gründe zum Beleidigen und Streiten. Die Leute am Rand riefen den Spielern Dinge zu, die diese gar nicht hören konnten. Ich glaube, sie wollten mit ihren Wörtern die Hitze besiegen oder sie durch Lautstärke vertreiben.

Ich schaute noch eine Weile zu dem fremden Mädchen, dann legte ich mich ins Gras und stellte mir vor, ich sei ein Waisenkind, ohne die Altkleiderhosen, aber mit Wörtern und einem Freund.

Als ich den Kopf hob, sah ich Onkel Sigi am Rande des Fußballplatzes, so als hätte er immer dort gestanden. Er sang leise »Rot ist die Liebe« und trug seine guten weißen Schuhe. Dann war er wieder weg.

Auch das Mädchen war verschwunden.

»Weggeschwiegen und verschwunden«, sagte meine Mutter mit engen Augen, der ich von Onkel Sigi nichts erzählte. »Plöpp.« Sie machte eine schnipsende Handbewegung. »Plöpp. Warum hast du sie nicht angesprochen, Tilda?«

Ich wollte sie nicht stören beim Gucken, dachte ich.

»Tja, so macht man das hier in der Siedlung. Ihr seid alle gleich.«

In dieser Nacht träumte ich von einem Mann auf einem Schiff, wahrscheinlich war es aber eine Frau oder ein Mädchen. Ich träumte von Möwen und einer salzigen Wut in der Luft.

Elli packt aus

Das Klohäuschen wurde immer mehr zu einem meiner Orte, die nur mir allein gehörten, und wo es still war, bis die Elli irgendwann einmal vor mir stand. Ich saß auf meinem Girlandensitz, hörte den Krähen zu und wartete auf Huckleberry Finn. Ich sah in die hohen Bäume, die rauschten und machte mir ein paar unschlüssige Notizen. Da stand sie plötzlich da, die Elli, und starrte mich an: »Was machst du da, spinnst du? Glaubst du, wir haben dieses Scheißhaus umsonst verrammelt und verriegelt?!« Sie stand da wie ein breitbeiniges, dickes Gespenst und im Gegenlicht erkannte ich sie nur an ihrer Stimme.

»Das hier, Tilda, das Ganze hier, das stinkt zum Himmel, da kannst du noch so viel von dem billigen Parfüm deiner Mutter versprühen. An diesem Ort riecht es nicht nur schlecht, dieser Ort hört sich schon generell nicht gut an, das müsstest du eigentlich wissen.«

Ich aber wusste nichts und schüttelte den Kopf.

»Und dadurch, dass du Girlanden um die Scheiße wickelst, wird nichts besser, verstehst du, gar nichts!«, schrie sie mich weiter an.

Sie riss mich von meinem Platz und warf die Girlande von meinem Sitz. In hohem Bogen warf sie die Girlande in die Krähen, die aufgebracht auf die hohen Bäume flogen. Dort saßen sie und wollten sich nicht beruhigen. Eine empörte Krähensymphonie. Ich fing an zu weinen und konnte nichts dagegen tun, gar nichts. Es war wie an dem Tag beim Büchermann. Dem Büchermann ohne Bücher.

»Hör auf zu plärren«, schrie die Elli gegen den Lärm der Krähen an. Sie griff sich ein paar Latten mit rostigen Nägeln und begann das Klohäuschen mit all meinen Sachen darin zu verbarrikadieren. Ich war erstaunt, wieviel Kraft in der Elli steckt.

Irgendwann ging ihr alter Atem wieder langsamer, und als alles verriegelt war, schaute sie mich an, lange, und da war keine Wut mehr zu sehen.

»Du weißt gar nichts, stimmts?«, fragte sie sanft und ihr dicker Körper sah aus wie ein nasser Sack.

Und ich? Ich konnte nicht einmal mehr nicken oder mit dem Kopf schütteln. Ich ließ mich ins Gras fallen und wartete, dass die Krähen von den hohen Bäumen sich auf die Elli stürzen und sie in tausend Stücke hacken. Aber meine Krähen waren ganz still. Alles war still. Ab und zu ein leises Krächzen.

Und die Elli in ihrem schmuddeligen Gespensterkittel setzte sich neben mich ins Gras und legte mir ihre dicke Hand auf meinen Kopf.

»Ja, so ist gut. Wein' du nur. Weißt du, Tildachen, dein Onkel Hermann«, sagte die Elli leise, »der Hermann war nicht immer ein schlechter Mensch. Er liebte die Hilde, obwohl der ja verheiratet war. Aber das war ihm egal. Er liebte die Hilde. Und als sie ihn nicht wollte, liebte er sie eben noch mehr. Wie das so ist.«

Ich versuchte, meinen Atem anzuhalten, um jedes Wort von der Elli zu verstehen.

»Ganz, ganz früher war die Hilde mal ein Kitzelbuschmädchen, aber dann war sie verlobt und glücklich und hatte einen Stolz, der von der Liebe kommt, wenn sie echt ist ...«

Elli nahm meinen Kopf und legte ihn in ihren weißen, schmuddeligen Kittel. Ihre Hände rochen nach Holz und Ata. Langsam hörte ich auf zu weinen.

»Als die Hilde noch ein Kitzelbuschmädchen war, wollten alle was mit ihr anfangen. Alle. Und sie hat natürlich Sachen mit Jungs ausprobiert, das ja. Aber bis zum Letzten ist sie nicht gegangen, das hat sie mir erzählt, die junge, schöne Hilde.

Sie hat den schüchternen Heinz genommen, den mit der Hühnerbrust, den dünnen Haaren und den ewig verliebten Blicken. Damals, ganz damals, hatte er noch trockene Schuhe.

Alle haben gelacht darüber, über die Liebe und den schüchternen Heinz, aber die Hilde war glücklich. Sie hatte jemanden gefunden, der sie anhimmelte wie die Hölle. Der Hermann kam damit gar nicht klar, der war wütend ohne Ende. Er war schließlich der Chef der Drei Terzinos, das muss man verstehen. *Ich verführe eine Frau mit nur einem Akkord.* Das hat er immer gesagt und dann hat er gelacht, der Hermann.«

Elli machte eine Pause. »Hör zu, Tilda, es war damals eine laute Feier, es ging hoch her, vor vielen Jahren war das. Alles lief kreuz und quer, der Walzer, die Küsse, die Büsche, niemand hat sich was dabei gedacht. Bis wir dann diese Schreie hörten, die Schreie aus dem Klohäuschen. Es waren laute Schreie, und alle dachten, da gehts halt rund. Aber ich hab's gewusst, deine Mutter, wir alle haben gewusst, da stimmt was nicht. Alle haben es gewusst. Aber die Männer haben die Musik lauter gemacht, und gesagt: ›Ist bald vorbei. Lass die doch ihren Spaß haben.‹ Als die Musik am lautesten war, kam die Hilde ganz zerrissen und verheult in die Gaststube gestolpert. Ganz langsam kam sie rein und hat sich mitten auf die Tanzfläche gelegt, auf den Bauch, und alle haben sie angestarrt, zerrissen wie sie war. Ich kann mich noch sehr genau daran erinnern ... war ein Walzer, der aus der Musikbox kam. Irgendjemand hat dann den Stecker gezogen.«

Die Stimme von der Elli brach für einen Moment zusammen.

»Die Kathie und ich, wir haben sie uns geschnappt, die Hilde, und ich habe sie im Waschraum notdürftig saubergemacht. Sie hat gerotzt und geheult und gerufen: *Warum ist keiner gekommen?!* Immer wieder hat sie das gerufen.«

Die Stimme von der Elli wurde leiser und leiser, und ich musste mich anstrengen, um überhaupt noch was zu verstehen.

»Aber ich hab' nicht gewusst, was ich darauf sagen sollte. Der Heinz war in der Zwischenzeit aufgetaucht, der war gar nicht da gewesen, und dem hab' ich dann die Hilde in den Arm gedrückt. Was hätte ich denn machen sollen. Der junge Heinz hat dann die junge Hilde in den Arm genommen und sie nach Hause gebracht. Ganz sanft, so, wie er es heute immer noch macht. So war das, Tildachen. Was hätten wir denn machen sollen.«

Die Elli räusperte sich, als hätte sie einen echten Frosch im Hals. »Deine Mutter und die Hilde waren damals dicke Freundinnen. Das kam noch dazu. War nicht einfach, das Ganze. Für uns alle nicht. Kurze Zeit später ist der Hermann dann nach Kanada. Das Klohäuschen haben wir verriegelt. Bis heute. Bis du dir nichts dabei gedacht hast, Tilda. Aber jetzt weißt du, warum die Dinge sind, wie sie sind, jetzt weißt du es. Jetzt weißt du, warum alles so gekommen ist. Hier liegt eben ein Unglück über allem.«

Die Elli legte mir den Kopf in die Wiese und stand mühsam auf. Sie guckte noch eine Weile auf mich runter, das konnte ich sehen, obwohl ich meine Augen geschlossen hatte. »Und eins noch, Tilda, der Sigi, der war's nicht. Der Sigi ist ein Guter. Das war ganz jemand anderes.«

Dann ist sie gegangen, die Elli. Die Krähen waren still.

Tilda denkt nach und trifft eine Entscheidung

»Die Beweislage ist schwammig«, hörte ich Gina zu meiner Mutter sagen. »Der Sigi wurde oft gesehen, da, wo es passiert ist, bei den Kitzelbüschchen, auch mit der Gudrun war er dort. Er hat kein Alibi für den frühen Sonntagmorgen, und dann das mit dem Blut an seiner Hose. *Ja, ich habe sie angefasst, aber ich habe doch nur nachgeschaut, ob sie noch lebt,* hat er gerufen.«

Gina imitierte Onkel Sigi, sie konnte ihn gut nachmachen. Man konnte sehen, dass sie Onkel Sigi mochte.

Nichts löste den heißen Sommer ab. Das Klohäuschen hatte Elli verriegelt, das Brombeernest verwaiste, mir blieben aber noch der Friedhof und der Fluss.

Die Ferien waren zu Ende, die Schule begann und die Blätter vom Kirschbaum wurden gelb und trocken. Früher wurde ich meistens übersehen. Das war nicht schlimm. In der Schule wollte ich das so. Jetzt wurde ich durch die Geschichte mit Onkel Sigi von den Lehrern und Mitschülern nachsichtig, mitleidig behandelt. Hinter vorgehaltener Hand. Der Onkel im Knast. Keiner fragte etwas.

Ich war froh, wenn die Vormittage vorbei waren und wenn das Wochenende kam. Ich lag weiter in der hohen Wiese, in meinem Butterblumenkleid aus dünnem Nyltest am Rande des Fußballplatzes, meine langen Haxen in der Luft, und die täglichen Wasserstandsmeldungen des Siedlungschors flogen an mir vorbei.

»Sigi hat nicht nachgedacht«, rief Gina, die in meiner Nähe stand. »Es hätte ein Stein auf Gudruns Brust gelegen, sie behaupten, das sei der Stein, mit dem sie erschlagen wurde. Ganz ordentlich hätte er da gelegen, der Stein, auf ihren gefalteten Händen, hat der Sigi ausgesagt. Wie eine Madonna hätte sie ausgesehen, die Gudrun. Dieser Blödmann hat den

Stein zur Seite gelegt, um an ihr Herz zu kommen.« Gina schnaubte.

»So ein Schwachkopf«, rief der Siedlungschor und guckte gleichzeitig aufs Fußballfeld. »Hau weg, die Pille!«

Gina erzählte weiter: »Scheiße, der Sigi ist einfach viel zu gut. War der immer schon. Als ob er sie noch hätte retten können. So ein Quatsch. Tot ist tot. Und ja, er hatte ein Auge auf Gudrun geworfen. Aber anders. Wie ein Bruder. Aufpassen wollte er auf sie. Er hat Gudrun in letzter Zeit immer wieder gesagt: *Werde kein Kitzelbuschmädchen. Lauf nicht in diese Falle. Du hast was Besseres verdient. Tu's nicht.*« Gina warf einen Ball zurück aufs Feld, sie wurde immer wütender: »Aber die Aussagen von der Brockmann und das Blut an seiner Hose, das reicht wohl aus, um ihn weiter zu verdächtigen.« Und nach einer Pause: »Sie suchen immer noch Gudruns Fahrrad und ihre Brille.«

»Wer diese Sachen hat, der war's«, rief der Siedlungschor.

»Ja, das sieht trotzdem alles in allem nicht gut aus«, sagte Gina leise. »Ich glaube, die wollen einfach einen Täter. Irgendeinen. Am liebsten wäre ihnen Sigi, das wäre am einfachsten.«

»Mein Gott, er stand unter Schock«, meinte meine Mutter später in unserer Küche und wischte sich die Hände in ihren Haaren ab. »Aus Schock hat er nach ihrem Herz geschaut, das kann man doch verstehen, deshalb das Blut. Das ist doch klar. Aus Schock.« Diesen Satz sagte sie immer und immer wieder. »Aus Schock!«

»Es gibt aber eben auch die Anschuldigungen von Frau Brockmann, dass Sigi sie geschlagen hätte. Das wirft kein gutes Licht auf den Sigi«, warf Gina ein.

»Die Seele von dieser Frau ist so schwarz, schwarz wie die Trauerränder unter den Nägeln vom rostroten Heinz. Da wachsen keine Blumen mehr. Nie mehr. Die hat dem Sigi

Staub in die Augen geworfen und nennt das Liebe«, flüsterte meine Mutter. Sie weinte leise.

Ich hatte meine Mutter noch nie weinen sehen, und ich vermisste Onkel Sigi, unsere Küche, seine Unterhemden, unser ganzes Leben. Ich vermisste Gudrun und den Zigarettenrauch, ich vermisste alles, was mal da war und jetzt in der Hitze verschwand.

Nach langem Hin und Her lief ich zum Klohäuschen. Ich machte das Verbarrikadierte weg, es war mühsam, aber irgendwann war es wieder frei. Die Krähen schwirrten die ganze Zeit um die hohen Bäume. Sie krächzten leise und waren einverstanden. Ich machte sauber, legte die Füße auf mein Kopfkissen, im Nacken die Kunstfellstola, und bin diesen einen Tag, den Tag, an dem Gudrun gefunden wurde, immer wieder durchgegangen.

Nach einer kleinen Erinnerungsweile schrieb ich in mein Notizbuch:

Am Morgen, als Gudrun erschlagen wurde, war ich in der Nähe der Kitzelbüschchen unterwegs. Irgendwann sah ich jemanden eilig in Richtung Siedlung laufen. Er war schon weiter weg, ich konnte ihn nicht erkennen. Aber die Ärmel seines Hemdes haben geflattert. Das machen sie nur bei ihm. Er hat mich nicht gesehen.

Ein paar Tage später war ich unten am Fluss und da sah ich am Rande des Weges etwas glitzern. Es war einer der Manschettenknöpfe von Udo von Greimlich. Ich hab ihn gleich erkannt. Er hat diese Manschettenknöpfe oft getragen an seinen flatternden, schmuddeligen weißen Hemden. Der Manschettenknopf lag auf dem Weg bei einem Spinnennetz, vor dem ich mitten im Lauf noch rechtzeitig anhalten konnte. Es war ein bisschen Stoff an dem Manschettenknopf, der Stoff war bräunlich-rot verfärbt.

Den Knopf habe ich als Fundstück behalten. Er glitzerte.

Ich klappte das Buch zu und lief zum Kaiserhof, lief in die Küche und zeigte Gina den Manschettenknopf.

Sie schaute ihn sich von allen Seiten an und sagte leise: »Wo hast du *den* denn gefunden?«

»Auf dem Weg am Fluss, in der Nähe der Kitzelbüschchen, da, wo Gudrun gefunden wurde, unter den Blättern. Und ich habe Udo von Greimlich dort gesehen, an dem Morgen, als sie erschlagen wurde.« Gina nickte. »Warum kommst du damit jetzt erst?«

Ich zuckte mit den Achseln. »Hab's vergessen.«

»Das ist Blut, das Braune hier am Stoff, glaub mir, Tilda. Der Greimlich ist ein Idiot, ich habe dem nie getraut. Kommt in den Edeka und greift sich gleich die Schönste und Dümmste, die mit der dicksten Brille, mit der es scheinbar am einfachsten geht. Von wegen, *ihr müsst das Leben reinlassen, ihr müsst euch wehren*. Dem hätte ich die Eier abgeschnitten. Aber mit einem stumpfen Messer. Zu uns in die Mau-Mau-Kolonie hat er sich erst gar nicht getraut, der Drecksack.« Gina drehte den Manschettenknopf hin und her und ihr Gesicht wurde immer heller.

»Egal, irgendwann hat sie sich ja dann wohl doch gewehrt, das Gudrun-Häschen. Ich wusste immer, dass Sigi das nicht gewesen ist.« Sie strahlte mich an.

»Tilda, dein Onkel ist nicht der Typ, der Mädchen erschlägt, wenn sie nicht so wollen, wie er will. Der ist Romantiker, der kann die Poesie in einer Abfuhr erkennen. Sonst wäre ich schon tot.« Gina lachte kurz und wurde wütend. »Aber der Greimlich, der wird weiterhin in die Kreisstädte ziehen, von Siedlung zu Siedlung, und dumme, junge Vorstadtschönheiten vom Edeka abgreifen. Von wegen, *er will in den Osten*. Ein geistiger Dünnscheißer ist das, der Greimlich. Der Greimlich, der war's. Genau. Er wollte sie loswerden, die Gudrun.«

Gina überlegte kurz. »Sag mal, haben die Bullen sich den Typen eigentlich mal vorgeknöpft?

Ich zuckte mit den Achseln.

»Okay, das kriegen wir raus.« Sie kniff die Augen zusammen und schaute noch einmal auf den Manschettenknopf. »Ob denen das reicht, wird man sehen. Gut, dass ich ein paar von den Jungbullen kenne. Das sind alles keine Essigpisser.« Sie lachte und zwickte mich.

»Also. Wir versuchen es.«

Gina zeigte ihre Zahnlücke: »Ich mach hier noch was fertig und danach gehen wir zur Polizeistation. Dort wirst du erzählen, dass du den Greimlich gesehen und wo du den Manschettenknopf von ihm gefunden hast, dann ist der reif. Und jetzt iss deinen Kartoffelpuffer.«

Ich nickte.

In meinem Kopf nebelte es, und ich wollte nicht im Kaiserhof auf Gina warten. Ich streifte ein wenig herum, setzte mich auf meine Bank, lief zu der Stelle, an der Gudrun erschlagen worden war und schloss die Augen. Das tat ich immer, wenn ich mich an etwas erinnern will. Oder wenn ich unbedingt etwas finden will. Einen Gedanken, eine Idee oder eine Erinnerung. Die Wahrheit oder auch eine Lüge.

Ich legte ich mich auf den Platz, wo Onkel Sigi Gudrun gefunden hatte. Ich legte mich so hin, wie Gudrun vielleicht gelegen haben könnte, so wie eine Madonna. Ich nahm einen Stein, legte ihn auf meine Brust in meine Hände und schloss die Augen ganz fest. Ich schloss die Augen und öffnete sie wieder. Das machte ich ein paar Mal. Ich wollte Gudrun dort finden. Sie sollte mir erzählen, wie es wirklich gewesen war.

Ich lag eine Weile so da, bis es Zeit war und lief zurück zum Kaiserhof. Gina warf ihr Geschirrhandtuch in die Luft und rief: »Los geht's!«

Die Polizeistation war düster und es roch nach vollen Aschenbechern und Mundgeruch. Der junge Polizist, der nur

Augen für Gina hatte, tippte mit zehn Fingern meinen Bericht in die Schreibmaschine:

Ich, Tilda D., habe den Manschettenknopf Sonntagmorgen, gegen 9:00 Uhr, auf dem Weg zum Fluss in der Nähe der Kitzelbüschchen gefunden.

Ich habe Udo von Greimlich oft dort gesehen, wie er aus den Büschen gekrochen kam. Am Sonntagmorgen, der Tag, an dem Gudrun erschlagen worden ist, habe ich ihn auch gesehen.

Der Polizist unterbrach mich und kniff die Augen zusammen: »Wie denn? Auf 'nem Mopped?« Und als ich nicht gleich antwortete: »Mit 'nem Fallschirm, zu Fuß?«

Jetzt zögerte ich keinen Augenblick: »Auf dem Fahrrad.«

Er schaute mich an: »Auf welchem Fahrrad?«

Ich schluckte. Der Polizist schaute mich lauernd an: »Auf dem Fahrrad von Gudrun Brockmann?« Er sprach mit mir, wie mit einem Kleinkind. Ich nickte.

»Bist du sicher?«

Ich nickte.

»Warum sagst du das erst jetzt?«

»Ich ... ich war mir nicht sicher.«

»Aber jetzt bist du dir sicher? Wieso?«

»Ich habe immer wieder die Augen auf- und zugemacht, das mache ich, wenn ich mich erinnern will. Ganz oft, an dem Platz, wo Gudrun erschlagen wurde, bis die Erinnerung kam. Die war weg, die Erinnerung, aber jetzt ist sie wieder da, und ich bin mir sicher«, stotterte ich.

Der Polizist schwieg erst und tippte: »Augen zugemacht ...«

Ich sprach schnell weiter: »Ich habe Udo von Greimlich oft in den Kitzelbüschchen mit Gudrun gesehen. Und ich habe ihn und seine flatternden Ärmel an dem Sonntagmorgen, als sie erschlagen wurde, da habe ich ihn ganz in der Nähe auf Gudruns Fahrrad wegfahren gesehen. Sehr schnell. So war's.

Ich habe *ihn* auf Gudruns Fahrrad gesehen.« Das sagte ich alles mit festem Blick. Ich hatte diese Worte insgeheim sehr oft gesagt.

Mit einem Blick, den die Schiffschaukelbremser auf der Kirmes oft haben, schaute der Polizist erst zu Gina, dann zu mir und sagte: »Du weißt schon, dass du das vor Gericht aussagen musst, Kleine?« Damit meinte er mich.

Der Stuhl unter mir fühlte sich an wie Watte. Mir wurde schlecht und ich hatte Angst, dass ich mich übergeben müsste. Ich schloss die Augen, und nach einer Weile spürte ich, dass alles gut war.

Ich nickte.

Gina schaute mir ins Gesicht und nickte anerkennend, denn es war eine Geschichte, die sie so noch nicht kannte.

Der Polizist schaute mich an und sagte nichts mehr.

Gina drückte meine Hand und sagte: »Geh schon mal raus.«

Ich wartete auf sie und als Gina herauskam, sagte sie: »Hör zu, alles ist gut. Du hast es richtig gemacht. Das, was du gesagt hast, ist jetzt nicht mehr bei dir, es ist jetzt bei der Polizei. Es ist jetzt weg. Futschikato.«

Ich nickte. Wenn man oft genug die Augen schließt und wieder öffnet, kommt sie irgendwann, die Wahrheit. So, wie man sie haben will. So, wie sie richtig ist. Das hätte Huckleberry Finn auch gesagt.

Zu Hause stand meine Mutter am Fenster, und ich konnte sehen, wie sehr sie die Kunstfellstola vermisste. »Als ich anfing zu rauchen, damals, da war ich noch sehr jung, weißt du, da war das nicht ungesund. Das war sexy«, sagte meine Mutter leise.

»Und ganz früher hatte man als Frau den Vorteil, dass man ohnmächtig werden konnte, wenn es nötig war. Das geht heute nicht mehr. Leider. Wird alles nicht besser.« Meine Mutter inhalierte tief.

»Erzählst du mir von damals ... was hat Onkel Hermann getan?«, fragte ich vorsichtig.

Sie schaute ein bisschen glasig durch mich durch und sagte erst nichts. Dann fuhr sie mir mit der Hand durch die Haare. Das machte sie sonst nie.

»Wenn du nach Hause kommst, bringst du in deinen Haaren immer das Wetter mit. Jetzt sag endlich«, gurrte sie, »was hast du der Polizei erzählt?«

Ich wusste, dass *ich* keine Antwort auf meine Frage bekommen würde und erzählte ihr, was ich ausgesagt hatte.

Die Augen meiner Mutter, ihre schönen Braunkohleaugen, fingen an zu kochen und nickten langsam, als wägten sie etwas ab. Ich schluckte.

»Das ist viel Text für jemanden, der sonst nicht viel spricht. Tilda, du bist für Onkel Sigi wie eine Tochter. Man wird dir nicht glauben.«

»Man wird mir glauben.«

Meine Mutter schaute mich prüfend an. »Warum haben die *Polizisten* den Manschettenknopf nicht gefunden?«

Auch diese Frage hatte ich erwartet und sagte schnell: »Weil er weiter weg lag, auf dem Weg zum Fluss, unter den Blättern. Ich habe ihn glitzern sehen.

»Warum hast du ihn behalten und nicht sofort der Polizei gegeben?«

Ich zuckte mit den Schultern. »Er war so schön.«

Sie schüttelte sich kurz.

»Das Fahrrad und die Brille. Darauf kommt es an«, sagte meine Mutter leise.

Sie nickte in sich hinein und schaute aus dem Fenster, wie sie es immer tat, so lange, bis es dunkel wurde.

Ich hatte die Nacht davor nicht geschlafen, hatte in Angst gebissen und mich fast daran verschluckt. Jetzt ging es mir besser. Viel besser. Als ich spät abends noch einmal in die

Küche kam, stand meine Mutter immer noch am weit geöffneten Fenster.

»Wo ist sie?«, fragte sie mich scharf, ihr Kopf ruckelte wie bei einem Huhn und ich wusste, sie meinte die Stola. »Gib sie mir zurück, ich kann sonst nicht bis zu Ende denken.«

Ich zuckte mit den Schultern, so wie *sie* es immer tat, und mit einem ihrer langstieligen Löffel kratzte sie wütend an der immergleichen Stelle an ihrer Hacke.

Meine Mutter stand weiter am Fenster, die Vorhänge weit geöffnet. Sie rauchte, und ich wusste, ich sollte ihr die Stola zurückgeben. Ich entschied, sie zu behalten, bis sie mir eine Antwort auf meine Frage nach *damals* gab.

»Ich will ein Ende«, schrie sie plötzlich, an ihrem Fenster in der Küche, auf den Kirschbaum starrend, in ihren Rauch hinein. Wie ein verwundetes Tier jaulte sie.

»Ich auch«, flüsterte ich. »Ich will auch ein Ende.«

Keine Musik beim Greimlich

»Und dann haben sie sich endlich Udo-Arschs Wohnung vorgeknöpft«, berichtete Gina im Kaiserhof. »Aber sowas von gründlich. Endlich haben sie ihn einkassiert, den von Greimlich. Bei irgendeiner Schlampe. Angeblich hätte er am besagten Sonntagmorgen in seiner Wohnung seine Mugge gehört, dabei sein Zeugs gepackt und sich einen Tag später auf den Weg in den Osten gemacht. So wie er es vorgehabt hatte. Gudrun hätte er da schon ein paar Tage nicht gesehen.«

Der Siedlungschor hatte sich um Gina versammelt. Auch Änne, von Greimlichs Vermieterin, war da.

»Die Änne hat aber keine Musik gehört. Stimmts, Änne?«

»Nee, hab' ich nich', aber mich fragt ja keiner. Sonst hat der immer seine Musik gehört. Gut, mein Hörgerät macht manchmal schlapp, aber seine Musik habe ich immer gehört. Immer. Und außerdem, die Gudrun kam ja zum Schluss dauernd bei dem Greimlich angeschissen. Wusste keiner. Hab's auch nicht rumerzählt. Bin ja keine Tratsche. Aber ich hab's natürlich mitgekriegt. Hab' ich auch ausgesagt. Ich bin ja gleich am Montag, nachdem sie Gudrun gefunden haben, zur Polizei und hab ausgesagt. Das hat die Jungs da aber nicht interessiert. Die haben mich abgewimmelt«, nuschelte sie. »Regelrecht. Einen Fresszettel habe ich von dem Kommunisten auf dem Küchentisch gefunden: *Ich habe endlich mein Visum, bin auf dem Weg in den Osten, alles Gute, Ihr Udo von Greimlich.* Das hab' ich ausgesagt.« Sie schnaufte. »Ich hab' dem nie über den Weg getraut. Für keine fünf Pfennig.«

»Ja, genau«, übernahm Gina wieder, »der hat der Änne 400 Mark Restmiete dagelassen, stimmts, Änne?«

»Ja, viel zu viel, das macht doch keiner freiwillig, das machte den verdächtig. Das habe ich den Polizisten da auch erzählt, dass der weg ist, meine ich, das mit der Miete natürlich nich', die hätten die einkassiert, ich bin ja nicht blöd.«

»Und Gudruns Fahrrad«? rief der Siedlungschor.

»Haben sie gefunden. Im Greimlich sein Keller, gut versteckt, hinter den Kohlen, unter so Gerümpelzeugs lag das«, rief Änne. »Ich war dabei.«

Gina erzählte weiter: »Von Greimlich wurde aufgegriffen in einer Kleinstadt in Norddeutschland. Hätte auf dem Weg in den Osten Station bei einer Bekannten gemacht. Die Bullen haben aber kein Fitzelchen Visum bei dem gefunden. Alles erlogen, von wegen DDR. Und von wegen ›Bekannte‹. Wahrscheinlich wieder so eine dummgefickte Edekaschönheit. Die haben sein Hemd in seinem Koffer mit einer Spur von Gudruns Blut und den zweiten Manschettenknopf gefunden. Greimlich ist in Tränen ausgebrochen, er wäre am besagten Sonntagmorgen zu Hause gewesen. Quatschte immer wieder von dem Song, den er am Sonntagmorgen gehört hätte. Pah, so ein Feigling«, fauchte Gina. »Der hat sich ganz schön verheddert. Herrlich.«

Die Köpfe im Kaiserhof nickten um die Wette.

»Es war so heiß im Gerichtssaal«, rief sie mit einem Tablett Pils in der Hand, »so heiß, dass sich meine Fußnägel braun verfärbten.« Wieder nickten die Siedlungsköpfe im Chor. »Und ... und weiter?«

Später kam Gina in die Küche, und ich fragte sie: »Das Fahrrad war wirklich in *seinem* Keller?«

Gina schaute mich mit ihren Lupenaugen an. »Du warst richtig verliebt in ihn, stimmt's?« Und als ich nichts sagte: »Entspann dich, Kleine. Manchmal ist die Lüge richtiger als die Wahrheit. Gar nicht so selten. Hast Glück gehabt.« Sie kniff mich freundschaftlich. Bevor sie wieder raus, zum Biergemurmel ging, fragte ich laut: »Sag mir, was *damals* passiert ist!«

Sie blieb kurz stehen, drehte sich aber nicht um.

»Ich meine *ganz* damals!«

Sie drehte sich ein wenig in meine Richtung, legte den Kopf schief: »Keine Ahnung, ich weiß nicht, wovon du sprichst. Bring mal die Frikadellen raus.«

Ich sagte nichts, und weg war sie. Die Frikadellen, es waren sechs Frikadellen, klein und schmackhaft. Ich habe alle aufgegessen. Nacheinander. Danach war mir schlecht. Aber es ging mir irgendwie besser.

Hell wie ein Lied

Es wurde Spätsommer, aber es blieb sehr warm. Meine Mutter bekam einen Brief, ich müsste beim Gericht eine Aussage machen. Ich wollte das nicht, aber meine Mutter sagte *keine Widerrede. Gina wird mit dir üben.*

Ich ging in den Garten und schaute den Kirschbaum an. Er verlor langsam alle Blätter. Viel zu früh in diesem Jahr. Stundenlang habe ich ihn angeschaut, den Baum, habe ihm Wasser gegeben, habe ihm vorgesungen. Aber er wurde einfach kahl. Wie der Postbote vor ein paar Jahren, als der Krebs ihn hatte. Obwohl alle nett zum Postboten waren und ihm viele Biere ausgaben, wurde er einfach kahl. Erst als es irgendwann in dem Winter damals zu schneien begann, hatte der Postbote wieder Haare und der Kirschbaum ein Kleid, das ihm stand.

Gina erzählte meiner Mutter, dass Udo von Greimlich sich immer weiter verhedderte. Sein Manschettenknopf und das Hemd mit dem Blut, seine überstürzte Flucht, das versteckte Fahrrad in seinem Kohlenkeller, sein heimliches Verhältnis zu der minderjährigen Gudrun und eine vertuschte Fehlgeburt, das alles macht ihn unglaubwürdig. Man glaubte ihm nicht, dass Gudrun ihn einfach so hätte ziehen lassen, und ging davon aus, dass von Greimlich in den Kitzelbüschchen die Nerven verloren hatte.

Er gab zu, Gudrun geschwängert zu haben. Gudrun wollte das Kind. Er nicht.

»Aber plötzlich lag es da. Das hat sie mir erzählt, ich war nicht dabei, ich konnte nichts tun«, sagte er aus.

»Da kann man nichts machen, das passiert manchmal«, sagte meine Mutter leise. »Besser, man ist bei sowas nicht allein. Besser ist, jemand ist da, jemand, der mal einen Tee kocht. Eine Mutter vielleicht. Mindestens. Aber wen wundert das alles. Was willst du von einem Aas wie der Brockmann schon erwarten.«

Als dann der Tag näherkam, hatte ich Angst.

Meine Mutter rauchte und Gina sagte sowas wie: *Du machst das schon. Du sagst das Gleiche, was du dem Jungbullen gesagt hast. Aber eben nicht wortwörtlich. Dann werden die misstrauisch. Die werden dir Fragen stellen und du weißt ja, was du antworten wirst. Mach dir keinen Kopp. Du darfst den Greimlich nicht angucken, verstehste? Nicht einmal! Und dann, ab geht die Luzi.*

Ich konnte nicht mehr schlafen und las meine Aufzeichnungen immer wieder durch. Und dann stellte ich mir immer wieder selbst Fragen. Die ganze Nacht.

Gina und ich fuhren mit dem Bus hin. Im Gerichtssaal saßen viele Leute, die ich kannte, auch Udo von Greimlich. Ich habe nicht hingeguckt.

Der Richter war ein großer Mann, sein Kopf sah aus wie ein sehr dicker Speckwürfel. Es war ein sehr netter Speckwürfel-Mann in einer schwarzen Kutte: »Tilda, du musst die Wahrheit sagen. Du darfst nicht lügen, das weißt du!«

Ich stand genau vor ihm und nickte.

Der Richter nickte auch und sagte zu einem anderen Mann, der am Rand stand: »Bringen Sie ihr einen Schemel, sie ist doch erst dreizehn.«

Ich stellte mich auf den Schemel. Der Richter meinte, er wäre zum Sitzen. Ich würde ihn so nicht brauchen, ich wäre ja groß für mein Alter. Aber es war gut für mich, auf dem Schemel zu stehen. Ich fühlte mich dann nicht mehr wie ich.

Ich blieb also auf dem Schemel stehen und sagte alles, was ich wollte, ich habe gesagt, dass ich von Greimlich Sonntag früh auf Gudruns Fahrrad gesehen hatte und den Manschettenknopf gleich danach gefunden hatte.

»Woran hast du erkannt, dass es Gudrun Brockmanns Fahrrad war? Woran konntest du es erkennen?«, fragte der Speckwürfelmann leise.

Darauf war ich gefasst, Gina hatte mir die Frage bereits gestellt.

Ebenso leise antwortete ich: »Sie hat als einzige in der Siedlung ein grünes Grashüpferfahrrad und ein wippendes Fähnchen am Gepäckträger. Ich kenn' das Fahrrad, damit kam sie immer zu uns.«

Und ich habe noch anderes gesagt, dass von Greimlichs Hemdsärmel geflattert haben und dass sie das nur bei ihm tun, und dass sie mit dem Fähnchen an Gudruns Fahrrad um die Wette geflattert haben. So halt.

Und als der Richter mich fragt, warum ich das alles nicht gleich erzählt hätte, habe ich gesagt, wegen meiner Fantasie und weil ich ja noch ein Kind bin. Und weil mir ja eh keiner glauben würde. Das hatte Gina mir eingebläut, auf der Fahrt ins Gericht, dass er das wissen soll, der Richter. Und dass ich den Manschettenknopf behalten wollte, weil ich alles sammle, was glitzert, das habe ich auch noch gesagt.

Irgendwann flüsterte der Richter ein paar Mal nach rechts und links. Ich habe von Greimlich nicht angeguckt. Und auch sonst niemanden von den Zuschauern. Jetzt war das, was ich gesagt hatte, zum zweiten Mal weg.

Gina erzählte es mir später, als ich schon längst zu Hause war, was ich noch alles gesagt hatte. Ich konnte mich nicht mehr erinnern.

»Die fanden dich ein bisschen seltsam, aber sie glaubten dir. Gut gemacht, Kleine. Du hast da was ins Rollen gebracht. Was Entscheidendes.«

Von Greimlich gab schließlich zu, sich am Morgen der Tat in den Kitzelbüschchen mit Gudrun getroffen zu haben: » ... weil wir uns ausgesprochen haben! Ich war ehrlich und habe ihr gesagt, dass ich gehen müsste und dass sie nicht mitkommen kann. Überhaupt ist es besser für dich, habe ich zu ihr gesagt. Ich bin nichts für dich, habe ich gesagt. Wir kommen aus verschiedenen Welten, hab' ich gesagt. Ich war ehrlich. Wir waren beide traurig, ein bisschen gestritten haben wir, ja, das geb' ich zu. Sie wollte unbedingt mit, egal wohin, das hat sie immer wieder gerufen, sie hat sich mir an den Hals geworfen. Ich habe sie ein klein wenig geschubst, sie von mir gestoßen. Ja, hingefallen ist sie. Aber ich habe ihr sogar noch aufgeholfen. Hab' sie kurz in den Arm genommen. Wir sind ohne Streit auseinander gegangen. Die Brille hatte sie auf, als ich ging. Von einem Stein und von einem Fahrrad im Kohlenkeller weiß ich nichts, die Keller hier in der Siedlung sind nie abgeschlossen, das Fahrrad … Die Kleine lügt. Ich bin weggelaufen, ja stimmt, bin nach Hause, aber nicht mit Gudruns Fahrrad. Ich war zu Fuß! Ich habe gepackt und die Musik laut gestellt. Das ja. Ich wollte Gudruns Klingeln nicht hören«, jammerte von Greimlich. »Ich hatte Angst, sie steht gleich vor meiner Tür. Die ließ ja nicht locker. Ihr war alles zuzutrauen. Ich habe gepackt. Ich habe keine Fahrräder versteckt. Meine Vermieterin muss die Musik doch gehört haben. Am nächsten Morgen bin ich dann los. Und die Kleine, die Bohnenstange, die saß bei mir auf der Fußmatte, die ist bis zum Bahnhof hinter mir hergelaufen, die spinnt total.«

Aber Änne hatte nichts gehört.

»Von wegen Fußmatte und Dauerschleife. Außerdem, ob er jetzt Musik gehört hatte, oder irgendjemand auf seiner Fußmatte saß oder nicht, niemand glaubt ihm mehr!« Gina sah sehr froh aus, als sie mit dieser Nachricht in unsere Küche stürzte. Meine Mutter sagte erst einmal nichts. Dann sah sie uns an und fragte: »Wo ist die Brille? Wo ist Gudruns Brille?«

Ich war nicht froh, und mir war es egal, wo Gudruns Brille war.

Die Stimmung in der Siedlung blieb so, als hätte der Baum seine Blätter noch. Es war so, als sei es immer noch Hochsommer und viel zu heiß. Die Menschen blieben in ihren Häusern und Höfen.

Udo von Greimlich wurde zu einer langen Haftstrafe verurteilt.

Der Kaiserhof blieb ein paar Wochen geschlossen. Als er wieder öffnete, war die Stimmung immer noch gedrückt.

Mich ließ man in Ruhe.

Onkel Sigi kam nach Hause. Man klopfte ihm auf die Schulter: »Na, du alter Rabattmarkenfälscher, gut, dass du wieder da bist.«

Und Schrauben-Sigi schraubte wieder. Aber es war nicht mehr so, wie es mal war. Onkel Sigi war dicker geworden, er trug aber weiterhin seine alten Anzüge. Meine Mutter schüttelte den Kopf: »Früher wusste er noch, wieviel Wurst in eine Pelle passt.« Sie sagte es glücklich und lachte dabei.

Frau Brockmann sah man nicht mehr oft. Einmal noch saß sie am Tresen. Ein einziges Mal. Die Augen verschattet, ihr Haarteil noch schwärzer als sonst. Sie trug einen dunklen, engen Rock und einen tief ausgeschnittenen Lurexpulli, der lange nicht gewaschen worden war. Sie roch nicht gut.

Als niemand Notiz von ihr nahm, die Siedlungsmänner ihr den Rücken zuwandten und der Schnaps viel zu lange brauchte, tat Frau Brockmann noch gleichgültig. Aber als auch Elli nicht mehr mit ihr sprach, blieb sie weg. Einige Zeit später zog sie mit Onkel Sigis Kindern in eine andere Stadt. Ihren Mann und die anderen Kinder ließ die Lügen-Hilde zurück.

Ich ging nicht mehr so oft in Onkel Sigis Werkstatt, lief weiter über die Felder und Friedhöfe und setzte mich ins Klohäuschen. Mir war es egal, ob Elli das mitbekam. Scheißegal. Wenn sie es wieder zerstört hätte, hätte ich es eben nochmal aufgebaut. Immer wieder.

Ich lief am Kanal entlang und sah den Schiffen zu. Sie waren beladen mit Kohle. Schiffe, die sich abmühten, nach mehr auszusehen, nach Meer und Abenteuer. Manchmal, ganz selten, winkten die Leute auf ihren Schiffen, manche hatten ihren Kahn mit bunten Blumen bepflanzt. Manchmal stand ich einfach da und wollte mitfahren.

Weiter über die Wiesen und auf holprigen Wegen stieg ich über kleine Zäune, die für nichts gut waren, weil dahinter gar nichts wartete. Manchmal eine Ziege. Wilde Katzen, die sich wegduckten. Spinnennetze. Obwohl ich höllisch aufpasste, lief ich manchmal durch eines hindurch.

Die Sonne schleppte sich durch den Tag und schien am Himmel festzukleben. Ich sehnte mich nach Schatten und Pfützen, sehnte mich nach festen Schuhen, nach Wollmützen, die mich beschützen. Aber die Sonne, eine flache Herbstsonne zwar, war heiß und da. Ich sehnte mich nach der Wahrheit und lief dem Sommer davon.

Einmal lief ich zum Fluss, da lag Hucky im Gras. Ich setzte mich und wir sagten nichts. Eine Stimme wisperte auf Hucky ein. Es war eine Stimme, die mich beruhigte. Es war meine Stimme.

Am Montag, nachdem sie Gudrun gefunden haben, bin ich noch vor der Schule zu ihm. Zum Haus des Kommunisten. Sein Fenster war geschlossen, und da wusste ich, dass er nicht zu Hause war. Die Haustür stand offen. Ich ging hoch und setzte mich vor seine Tür auf die Fußmatte. So, wie ich es bei Gudrun gesehen habe. Ich saß da, schloss die Augen und begann zu schwitzen. Die Fußmatte roch nach verschüttetem Blumenwasser. Und ich dachte an den Moment, als Onkel Hermann vor vielen Jahren meiner Mutter auf Wiedersehen gesagt hatte. Weißt du, ich war noch nicht auf der Welt gewesen und konnte das gar nicht wissen.

Irgendwann hörte ich Schritte, und Udo von Greimlich kam die Treppe hoch. Er war ein bisschen außer Atem, auch er schwitzte, schaute auf mich hinunter, sah mich an: »Was machst du hier?« Er sagte es grob und atemlos. Ich schaute an ihm hoch, aber als ich nichts sagte, schüttelte er den Kopf und stieg über mich hinweg. Er roch nach Büchern. Er schloss die Tür auf und stieg über mich hinweg in seine Wohnung.

Ich wartete und schob mir ein paar Zuckerstückchen in den Mund. Nach einer Weile hörte ich durch die Tür Musik. Meine Mückenstiche begannen wie verrückt zu jucken. Sie klebten an meinen Beinen und ich kratzte und kratzte. Aber die Mückenstiche, sie hörten auch mit meiner Spucke nicht auf zu jucken. Erst als die Kratz-Stiche anfingen zu bluten und erst als mein Po mir wehtat, von der kratzigen Fußmatte, stand ich auf und drückte mich in den Türrahmen. Der Schweiß lief mir in die Poritze, die Tür ging auf und Udo von Greimlich lief mit zwei Koffern ohne ein einziges Wort an mir vorbei.

Als er schon an der Treppe war, guckte er sich kurz um, schaute mich an mit einem Blick, den ich nicht kannte und auch nicht kennen wollte: »Geh nach Hause, Kind, du bist ein nettes Mädchen. Geh. Hau ab. Das hier ist nichts für dich.«

Ich wartete einen Moment und lief hinter ihm her. Er sollte mich ein einziges Mal ansehen, richtig ansehen, und ich wischte mit einer Hand immer wieder über meine zuckerverklebten Lippen. Ich wollte, dass sie rot aussahen.

Er schaute sich nicht ein einziges Mal um. Ich lief hinter ihm her, bis zum Bahnsteig. Ich dachte, irgendwann wird er sich doch umdrehen und irgendetwas sagen zu mir. Als er in den Zug stieg und sich auch da nicht umdrehte, stand ich noch eine Weile auf dem Bahnsteig. Es waren keine Leute zu sehen. Auf dem Bahnsteig stand ein Mülleimer. Ich nahm diesen Mülleimer, er war sehr schwer, und ich warf ihn um. Der Müll verteilte sich auf dem Bahnsteig. Das war mir aber egal. Ich rollte den Mülleimer an die Bahnsteigkante und warf ihn auf die Gleise. Dabei schrie ich. Ich schrie und schrie. Und meine Mückenstiche juckten. Und ich schrie und kratzte. Eine Frau in einem blauen Mantel, ich kannte sie nicht, sie stand plötzlich da, hielt mich fest, sie war noch jung, sie kam nicht von hier und der Mantel war blau, und als ich um mich schlug, hielt sie mich noch fester. Irgendwann war ich müde.

Die Frau hielt mich noch eine Weile, dann machte ich mich los und lief weg. Ich ging hierhin zu dir, Hucky, zum Fluss. Aber du warst nicht da. So wie du auch jetzt gar nicht da bist.

Wahrscheinlich war das der Grund, warum ich es ihm erzählte. Weil es die Wahrheit war, und weil er gar nicht da war. Niemals.

Der Mond schien hell, hell wie ein Lied. Hell wie das Zigarettenlied.

Der Sommer war vorbei.

Die Knubbelkopffrau

Meine Mutter begann wieder zu kochen. Ich wartete darauf, dass es wieder schön wurde, das Leben. Aber kurze Zeit später zog Onkel Sigi in die Mau-Mau-Kolonie.

Ich streifte weiter durch die Gegend, lief immer mal wieder am Haus des Kommunisten vorbei, aber die Fensterläden blieben geschlossen. Kein neuer Mieter. Ich war oft auf dem Friedhof bei den Kindergräbern, aber ich machte nichts mehr damit.

Im Klohäuschen legte ich mir die Kunstfellstola um die Schultern, sang das Zigarettenlied und tanzte ein wenig auf der Stelle. »Gute Nacht Freunde, es ist Zeit für mich zu geh'n ...« Ganz leise sang ich das, machte mir Notizen, schrieb Dinge auf, und insgeheim wartete ich auf Hucky. Weil er nicht kam, schrieb ich ihm. Ich schrieb ihm in mein Notizbuch:

Weißt du, Hucky, ich mag alte Häuser, Orte, die eigentlich hinüber sind. Da, wo keiner mehr wohnen will. Aber das weißt du ja. Hinten, gleich hinter dem Bahnhof steht ein altes Haus, von dem der Putz bröckelt. Es sieht eigentlich aus wie eine Ruine, schief und an einer Seite eingefallen. So wie ein Kriegskind, so sieht das Haus aus. Der Garten ist verwildert, ein uraltes, verrostetes Dreirad, ein altes Auto, überwuchert mit Brennnesseln und so. Auf dem Auto liegt immer eine dicke, riesige Katze. Daneben ein verrostetes, uraltes Dreirad. Die Katze guckt irgendwie gehässig. Der Sattel vom Dreirad war mal blau. Das kann man noch sehen. Die gehässige Katze rollt sich so in die Landschaft, dass ich sie manchmal gar nicht erkennen kann. In dem Haus wohnt die alte Frau Reiners, die mit dem Knubbel auf dem Kopf. Die hat aber außer dem Postboten seit Jahren niemand mehr zu Gesicht bekommen. Vielleicht ist sie ja längst tot. Riechen tut man aber nichts. Außerdem wird ab und zu der Briefkasten geleert, so einmal in der Woche. Da kann man ja nicht tot sein.

Meine Mutter hat mir erzählt, dass die Knubbelkopffrau immer schon alt war und dass sie schon hundert war, als sie noch ein Kind war. Sie soll früher eine schöne Frau gewesen sein: Die will einfach nur in Ruhe gelassen werden, mit ihren hundert Jahren, das ist ihr gutes Recht. Allerdings hatte meine Mutter ihr etwas gestohlen. Ich werde ihr das zurückgeben. Irgendwann einmal.

Ich strich leicht über das Kunstfell.

Ich habe sie ein paar Mal versucht, abzupassen, also, wenn die Knubbelkopffrau die Werbung aus dem Briefkasten holte, aber es hat nie geklappt. Entweder ich kam zu früh, oder die Post war schon weg.
Onkel Sigi hatte mir erzählt, dass sie früher viel in ihrem Garten gearbeitet hat. Er hat mir das auch mit dem Knubbel erzählt und wie er schon als Kind darüber gestaunt hatte, wie groß der war. Früher, als man sie noch im Garten sehen konnte, trug sie meistens einen Sonnenhut. Weißt du, Hucky, seine Kumpels und er lagen früher manchmal stundenlang in den Büschen und warteten darauf, dass die Knubbelkopffrau den Hut abnahm, um sich den Schweiß von der Stirn zu wischen. Sie wollten unbedingt den Knubbel sehen, hatten aber keine Geduld. Dieser Knubbel muss riesig sein. Vielleicht gehen wir da mal zusammen hin ...

Irgendwann habe ich einen Stein ans Fenster der Knubbelkopffrau geworfen, ich wollte sie nur einmal sehen. Wissen, wie eine Frau aussieht, die schon mal weg war. Vielleicht sogar hören, wie sie spricht. Das habe ich Hucky aber nicht erzählt. Das mit dem Stein.
Ich habe Huckleberry Finn nie nach der letzten Folge gefragt. Obwohl ich es immer wollte. Den ganzen Sommer lang.

Das Zimmer

Am Anfang des Sommers, als alles noch so war wie immer, als die Sonne noch leuchtete und nicht bloß schien, als Onkel Sigi noch bei uns war und meine Mutter auf dem Dachboden Bettwäsche aufhängte, habe ich es einfach getan. Ich habe die Tür geöffnet. Die Tür zu ihrem Zimmer.

Ich habe oben auf ihre Schritte gelauscht und bin rasch in das Zimmer meiner Mutter gegangen. Ich habe die Postkarten von Udo von Greimlich an den Wänden gesehen. Die Postkarten von Udo von Greimlich an Gudrun, die an meine Mutter adressiert waren. Udo von Greimlich, der jetzt im Gefängnis saß. Wegen mir.

Ich habe den Koffer neben dem Schrank gesehen. Ich habe aus dem Fenster geschaut und den Kirschbaum betrachtet. Die Blätter sahen noch frisch aus. Hellgrün. So früh im Sommer war es noch.

Ich schaute den Baum so lange an, bis ich die Schritte meiner Mutter auf der Treppe hörte, bin hinausgegangen und habe das Zimmer nicht wieder betreten. An den Koffer habe ich nicht mehr gedacht.

Alles hat seinen Preis

Es war alles gut ausgegangen für uns. Onkel Sigi war wieder in Freiheit, das Siedlungsleben ging weiter.

»Es ist vorbei«, murmelte meine Mutter immer wieder, »ja, es ist vorbei.«

Mir aber brannte noch etwas anderes auf den Nägeln. Warum Onkel Hermann das getan hat. Ob sie dabei war. Warum niemand etwas getan hatte. Die Obs und Warums lagen mir ein paar Mal auf der Zunge.

Aber dann war Onkel Sigi weg. Onkel Sigi gab meiner Mutter zwar immer noch Kostgeld, aber er kam nur noch hin und wieder bei uns vorbei und trank einen Kaffee. Zum Rasieren und Singen kam er nicht mehr.

»Alles hat seinen Preis«, sagte meine Mutter. Sie war dünn geworden und ihre Stimme war ganz schwach, wenn Onkel Sigi pfeifend und froh in seine Wohnung hinunter in die Mau-Mau-Kolonie schlenderte. »Hauptsache, Musikk«, sagte meine Mutter leise. Sie sah so zart und traurig aus, deshalb konnte ich sie nicht noch einmal nach damals und nach Onkel Hermann fragen. Ich konnte es nicht. Ich konnte es erst, als es schon zu spät war.

Ich weiß, warum meine Mutter gegangen ist. Vielleicht.

Sie hatte irgendwann keinen Ort mehr, wo ihre Worte und ihr Herz hinkonnten. Jedenfalls nicht mehr so wie früher, als Onkel Sigi oder wenigstens ich immer bei ihr waren. Vielleicht ist sie auch gegangen, weil ich ihr die Stola nicht zurückgegeben habe.

Ansonsten gab es in unserem Haus viel Nichts. So verging der Herbst.

Ginkgo-Bäume und Herr Brockmann im Schnee

An einem Tag im Dezember, einem nebeligen, schneebedeckten Tag, zog ich mit meinem Schlitten durch unsere Siedlung zum Friedhof.

Am Rand der Straßen standen unsere Bäume. Wie immer. Wie immer schaute ich sie zu jeder neuen Jahreszeit genau an.

Alles Schneebedeckte sieht schön aus. In diesem Jahr fielen schwere, große Schneeflocken, als hätte der Winter die Augen aufgeschlagen und wolle all den Schnee loswerden, den es in den Jahren davor nicht gegeben hatte.

Eigentlich sind Bäume dazu da, die Luft gut zu machen, aber die Früchte dieser Bäume stanken im Sommer. Meine Mutter sagte dazu: »Als ob jemand die Straße vollgekotzt hat. Da hat der Pflanzmeister aber richtig Scheiße gebaut.« Dabei schaute sie in den Himmel und verdrehte die Augen. Wahrscheinlich war sie der Meinung, Gott sei der Pflanzmeister und *der* hatte mal wieder Scheiße gebaut. Jeder wusste, dass sie von Gott nicht viel hielt.

»Es riechen nur die weiblichen Bäume«, erklärte meine Mutter und rümpfte die Nase. Sie fand, das sei eine Unverschämtheit, ohne Sinn und typisch für den Pflanzmeister. Aber ich dachte, vielleicht gab es vor Millionen von Jahren noch gar keinen Gott.

Ich zog den Schlitten in die Nähe des Friedhofs, dorthin, wo Onkel Sigi Gudrun gefunden hatte. Da, wo ich gelegen hatte und ihr nah sein wollte. Und auch heute, als der kälteste Winter seit vielen Jahren einzog, sah ich Gudruns Vater mit seinem verrosteten Mofa dort herumfahren. Er bemerkte mich nicht, er sah bleich aus, mager. Seine Haare, die mal schwarz gewesen waren, klebten nass und deprimiert an seinem Kopf. Seine Kinder waren jetzt in einem Heim, er redete nur noch mit sich selbst, niemand interessierte sich für ihn.

Niemand hörte ihm zu. Mit der Zeit war er immer abgerissener geworden.

Sein Mofa stellte er an einen Baum. Er setzte sich auf eine Bank, die Bank am Rande der Kitzelbüschchen, dort, wo auch ich oft saß, wenn ich für mich sein wollte und trotzdem nicht allein.

Es war meine Bank, denn dort hatte ich im Sommer manchmal mit Huckleberry Finn gesessen und in den Himmel geschaut. Dort auf dieser Bank hatte er mich gefragt, ob die Sterne am Himmel von irgendjemandem erfunden worden waren. Oder ob der Mond die Sterne am Himmel vielleicht *abgelegt* hat. So wie die Hühner ihre Eier legen.

Jetzt stand ich dort ohne Hucky mit meinem Schlitten an einem Baum und es fielen dicke Schneeflocken, die aussahen, als hätten sie noch was vor. Ich ließ Herrn Brockmann, wo er war, und ging nach Hause.

Füße stillhalten

Irgendwann hielt ich es nicht mehr aus und erzählte meiner Mutter, dass ich von Greimlich *nicht* auf dem Fahrrad gesehen hatte, sondern zu Fuß. Ich musste es ihr sagen. Es ging nicht anders. Sie starrte mich an. »Na und«, fauchte sie. »Was willst du jetzt tun? Alles zurücknehmen? Warum? Wegen der Gerechtigkeit? Gudruns Fahrrad war in der Nähe der Kitzelbüschchen abgestellt. Er *muss* es genommen haben. Es war schließlich in seinem Keller.« Und als ich nichts sagte: »Jetzt nur nicht blass werden. Jetzt nur keine Seelengröße. Hör mir mal genau zu, Tilda. Füße stillhalten! Du machst jetzt keinen Rückzieher. Sonst landet Onkel Sigi wieder im Knast.« Meine Mutter holte tief Luft.

»Es ist jetzt nicht mehr zu ändern. Es ist so, wie es ist. Basta. Not kennt kein Gebot. Und, Tilda, jetzt würde man *dir* sowieso nicht mehr glauben. Einer Eins-A-Fahrrad-Lügnerin! Also, Klappe halten, Tilda, mach dir keinen Kopp. Der von Greimlich wird bald wieder entlassen. So ist das in Deutschland. Mach dir um den keine Sorgen. Wenn der wieder raus ist aus dem Knast, dann soll er endlich in den Osten und kann *dort* mal weitermachen mit Junge-Mädchen-schwängern. Dieser von Greimlich ist ein einziges Täuschungsmanöver. Ich hab' das immer schon gespürt. Der ist jetzt mal weg vom Fenster. Da hat er mal was nachzudenken.«

Ich glaubte ihr nicht und dachte kurz, dass auch sie, dass auch meine Mutter eine Eins-A-Lügnerin war.

»Was guckst du denn?«, schrie sie weiter. »Es gibt nur zwei Möglichkeiten, Tilda, Klappe halten oder sagen, was man wirklich meint. Alles andere ist verlogen. Wenn alle Menschen sich daran halten würden, wäre es viel ruhiger insgesamt. Merk dir das. *Ich* habe mich immer darangehalten, Tilda!«

Ich dachte an Elli und die Geschichte, die sie mir erzählt hatte. Und ich dachte, jetzt wird meine Mutter mir die Geschichte erzählen. Jetzt wäre doch ein guter Zeitpunkt. Aber sie sagte nichts mehr.

Ein paar Wochen später wusste ich, dass sie mit »Klappe halten« gar nicht die alte Klohäuschengeschichte gemeint hatte. Sie meinte etwas anderes.

Wenn sie nicht vorgehabt hätte, ohne mich zu gehen, wenn sie nicht geschwiegen hätte, hätte sie vielleicht so etwas gesagt wie: »Pack deinen Koffer, Tilda«, sie hätte gesagt, »wir fahren. Morgen früh.«

»Wohin?«, hätte ich gefragt.

Und sie hätte gesagt: »Pack einfach«, das hätte sie gesagt. Hat sie aber nicht. Sie hat gar nichts gesagt. Die ganze Nacht nicht. Sie hat die ganze Nacht gepackt. Ich habe es gehört und mich gefragt, wann meine Mutter aus ihrem Zimmer kommt, und mir sagt, dass auch ich packen soll. Wann sie kommt, habe ich mich gefragt, mit der Zigarette im Mund, und sagt: »Tilda komm, mach voran, du musst packen.«

Sie hat aber nichts dergleichen gesagt. Ich habe mir gewünscht, dass meine Mutter etwas sagt. Irgendetwas. Ich habe es mir vielleicht zu leise gewünscht. Und ich bin immer kälter geworden, innen drin, als ich in der Nacht, in der meine Mutter ihre Koffer packte, pulend auf dem Sofa saß und wartete.

Letzte Karte

Irgendwann begann wieder alles normaler zu werden. In unserer Siedlung, am Rande des Fußballplatzes und im Kaiserhof sprach man wieder über etwas anderes als über die tote Gudrun.

Ein paar Tage, bevor meine Mutter das Weite suchte, stand der alte Postbote mal wieder unter unserem Fenster: »Na, schöne Frau«, rief er meiner Mutter zu. »Soso, Havanna mal wieder. Sie haben es ja faustdick hinter den Ohren.« Der Postbote lachte über seine eigenen Worte.

Er stand unterm Fenster mit seinem uralten Fahrrad und hielt eine lädierte Postkarte in der Hand. »Gnädige Frau, lange war Sendepause, aber heute, an diesem kalten Tag im Januar ein bisschen Wärme für Sie. Pünktlich wie die Kesselflicker. Drücken Sie diese Karte an Ihr großes Herz, freuen Sie sich des Lebens. Sie werden es nicht glauben, ich habe die Karte beim Gassigehen am Kanal in den Büschen flattern sehen. Oh ja, *Ihre* Post war auch von meiner Vertretung entsorgt worden. Aber jetzt, wo das Grün verschwindet und der Sommer vorbei ist, glaube ich, die Karte, sie will zu Ihnen.«

Meine Mutter in ihrem zu groß gewordenen Kittel, zog an ihrer Zigarette und lachte: »Gut, hervorragend. Sehr gut, dass Sie wieder auf Sendung sind. Gut aussehen plus mittlere Reife reichen eben nicht. Man muss schon wissen, wo die Briefkästen hängen.«

Unser alter Postbote trug eine Weile eine Perücke, die schlecht saß. Sie rutschte auf seinem Kopf hin und her. »Irgendwann fliegt das Ding in den Fluss, und das ist auch gut so. Besser eine ehrliche Glatze als eine Perücke, die aussieht wie ein Opossum auf Futtersuche. Warum sagt ihm das denn keiner?«, rief meine Mutter.

Jetzt aber hatte er wieder ein paar eigene Haare, reichte meiner Mutter die Karte durchs Küchenfenster und fuhr schon weiter. »Ade, Ade! Scheiden tut nicht weh.« Er lachte im Wegfahren, und sein altes Fahrrad quietschte.

Nachdem meine Mutter lange auf die Postkarte geschaut und sie immer wieder in alle Richtungen gedreht hatte, legte sie sie auf den Küchentisch und ging in ihr Zimmer.

Ich las: *Liebste. Ich denke an Dich. Bis ganz bald. Dein Udo*

Und ich dachte daran, was meine Mutter gesagt hatte: »In unserer Familie sind alle viel zu gut.«

Kann ja sein. *Ich* nicht.

Ich nicht und Huckleberry Finn auch nicht.

Der Postbote

Ich kannte die Strecke des Postboten und folgte ihm. Das machte ich oft. Der Postbote und seine Briefe, die gaben mir ein Gefühl, als gehörte ich dazu. Ja, ich war irgendwie dabei und hatte trotzdem meine Ruhe.

Die Briefkästen in unserer Siedlung waren vorne am Zaun befestigt, und ich malte mir gerne aus, welche Vorgärten welche Briefe bekämen.

An dem Tag, als der Postbote meiner Mutter die Flatterkarte gegeben hatte, bin ich eine Weile neben ihm hergelaufen. Ich hatte einen Brief an die Knubbelkopffrau geschrieben:

Liebe Dame!
Ich habe ein paar Fragen, wichtige Fragen nach Ihrem Leben und dem Knubbel auf ihrem Kopf. Wie alt sind Sie wirklich? Und wieso ist er da. Der Knubbel. Und seit wann? Der Briefträger sagt, dass Sie einmal eine schöne Frau gewesen sind und dass Sie viel erlebt haben.

Wie heißt Ihre Katze, und warum schaut sie so griesgrämig? Sind Sie glücklich? Ich frage, weil Sie immer alleine sind.

Sicher haben Sie die Gudrun gekannt, die Gudrun, die jetzt tot ist. Ich habe der Polizei gesagt, was ich gesehen habe. Das meiste stimmt. Ich habe gelogen, und dann wurde es wahr. Nur ein bisschen habe ich gelogen. Das Fahrrad wurde ja wirklich in Udos Keller gefunden. Also war es vl. eine ›ausversehene Wahrheit‹, oder? Das kann es geben. Und zwar gar nicht so selten. Oder was meinen Sie?? Früher, also damals, wurde ja auch schon gelogen. Wussten auch Sie davon? Haben Sie gewusst, von wem die Schreie aus dem Klohäuschen waren, damals?

Glauben Sie auch, dass der Udo von Greimlich bald entlassen wird?
Ich freue mich auf Ihre Antwort.
Ihre Tilda / P.S. Vermissen sie nicht etwas?

Der Postbote lächelte, als ich ihn fragte, ob ich sein Fahrrad schieben dürfe: »Nee, das Ding ist zu schwer für dich, Tilda. Da sind schon ganz andere dran gescheitert.«

Ich habe ihn gefragt, ob es jemanden gibt, der der Knubbelkopffrau etwas zu essen bringt, die Katze füttert und bei ihr sauber macht. Oder ihr mal was vorliest. Diese Fragen standen nicht in meinem Brief.

Er hörte mir aufmerksam zu, nickte und sagte erst mal nichts. Zwischendurch blieb er immer mal stehen und sortierte seine Briefe nach Straßen. Als wir vor dem Haus der Knubbelkopffrau standen, meinte er: »Die Elsa ist hier in diesem Haus geboren. Sie war aber mal für eine Weile weg. Als sie zurückkam, hat sie sich nicht mehr zurechtgefunden. Aber das ist lange her.«

Ich gab ihm meinen Brief und er fragte: »Willst du ihr den nicht selber geben? Durch die Tür, meine ich.«

Ich schüttelte den Kopf. »Es soll eine Überraschung sein.«

Tildas Mutter geht

Ein halbes Jahr, nachdem Gudrun erschlagen worden war, an einem kalten Tag im Februar, stand meine Mutter in einer leichten Sommerjacke, einem Koffer und einem kleinen, billigen Strohhut auf dem Kopf am Herd in unserer Küche. Der Herd war ausgeschaltet.

Ihre Zigarette im Mund wippte im Takt ihrer Worte. »Hör zu Tilda, hör genau zu«, sagte meine Mutter, »ich gehe jetzt, und du bleibst hier. Es geht nicht anders.« Sie machte eine kleine Paffpause. »Weißt du, Tilda, plötzlich steht man da, alt, krank, das Hemd grün und hinten offen. Und zwar schneller, als man gucken kann, steht man da. Das ist keine Option für mich, damit das mal klar ist.«

Als sie weitersprach, wurden meine Ohren taub. Meine Ohren schlossen sich wie die Nachtkerzen in unserem Hof, wenn es hell wird. Trotzdem konnte ich alles ganz genau verstehen.

»Bring mich zum Bahnhof, Tilda. Und erzähl niemandem davon. Bring mich zum Bahnhof, und dann geh zurück in die Wohnung. Setz dich an den Küchentisch, und merk dir alles. Präg dir alles genau ein. Du wirst dich später erinnern wollen. Es ist wichtig, sich zu erinnern, von innen heraus. Die Reihenfolge ist egal. Onkel Sigi wird dich holen.«

Sie sah mich an. Kein Lächeln, kein Zorn, nur ein Gesicht mit sehr dunklen Augen. Als hätte jemand ihre Gefühle entführt.

Sie warf noch einmal einen Blick in ihr Zimmer, das Zimmer, das ich nie betreten durfte, das Zimmer neben der Küche, und wir gingen aus dem Haus, das Haus, das meine Mutter seit Jahren nicht mehr verlassen hatte.

Es war heller Tag, und die Sonne schien.

Ich lief neben ihr her, ich schaute immer wieder an ihr hoch, sie war noch ein paar Zentimeter größer als ich. Meine Mutter schaute geradeaus. Irgendwann setzte sie eine Sonnenbrille auf und nahm meine Hand. Sie nahm meine Hand wie etwas, mit dem sie sich auskannte.

Als wir am Bahnhof ankamen, fiel ein leichter Schnee. Er sah aus, als würde ihn der Himmel schicken.

Meine Mutter und ich, wir waren die einzigen Menschen am Gleis. Ich begann zu zittern, ich hatte keinen Mantel an. Meine Mutter trug diese leichte, weiße Sommerjacke. Sie stellte sich ein wenig abseits und holte eine Zigarette aus ihrer Jackentasche. Sie sah mich an. Als ich noch klein war, erzählte meine Mutter mir Geschichten. »Mama«, bat ich sie immer, »erzähl mir eine Geschichte, eine aus deinem Mund, nicht aus einem Buch.« Es waren Geschichten, die mich trösteten und nach warmer Suppe schmeckten. Anders als diese Geschichte, die meine Mutter jetzt erzählte, als sie die Augen zusammenkniff:

»Tilda, du frierst nicht. Wenn man nicht will, friert man nicht, merk dir das. *Das* ist wichtig für dich. *Ich* bin nicht wichtig, verstehst du? Und jetzt hör zu. Ich bin deine Mutter. Das bleibt auch so. Du, Tilda, du bist in Ordnung. Du bist normal. Außergewöhnlich normal. Du bist die einzig richtige Wahrheit, die es gibt. Mach, was du für richtig hältst. Egal, was andere dir erzählen, scheiß drauf, versprich mir das.«

Sie zögerte: »Schlimmstenfalls legt man sich eine Kunstfellstola zu, eine Mondscheinkrankheit oder was anderes, aber man ist raus aus dem Spiel, das muss man wissen, verstehst du? Man muss wissen, wann man verloren hat, Tilda. Und noch was: Das mit dem Schreiben in deine Notizbücher, das gefällt mir nicht, Tilda. Schreiben, das ist, als würdest du dich durch tote Fliegen wühlen. Wenn man so viel liest wie ich, weiß man sowas.« Meine Mutter, schmal und leise, so, wie ich sie nicht kannte, war jetzt vollständig in ihren Zigarettenqualm eingehüllt.

Als ich nichts sagte, ihr nichts versprach, gar nichts, sagte sie: »Als du klein warst, wolltest du im Zirkus auftreten und mit Pferden jonglieren. Das war ein wirklich guter Plan. Und jetzt geh nach Hause. Geh erst in die Küche, dann in mein Zimmer, schau dir alles an. Und wenn Onkel Sigi dich holt, hier, gib ihm meine Kippen. Er soll endlich das Rauchen lernen.« Sie hielt mir ihre volle Zigarettenpackung hin.

Sie nahm sich noch drei Zigaretten heraus, lächelte und sagte laut, wie früher, als sie immer alles laut sagte: »Du solltest sie nicht tragen, Tilda, nie. So eine Kunstfellstola ist immer nur eine Krücke, merk dir das. Gib sie ihr zurück, hörst du! Du schaffst das auch so.«

Das war der letzte der vielen Merksätze meiner Mutter. Ich nickte.

Wir sagten nichts mehr, ich fragte nichts, ein paar Minuten standen wir so da und es hörte langsam auf zu schneien. Wir schauten uns nicht an, ich hätte ihre Augen auch nicht sehen können.

Ich schaute nach oben in die Sonne und es war kalt. Meine Hände wurden blau.

Der Zug fuhr ein, meine Mutter zog kräftig an ihrer Kippe, nahm die Brille ab und sah mich noch einmal kurz an. Für einen Augenblick sah ich diesen verwilderten Blick, den sie manchmal hatte, wenn sie nicht in dieser Welt war. Sie blies mit dem Zigarettenrauch eine Haarsträhne weg und warf die Kippe zwischen die Gleise. Die Sonnenbrille warf sie hinterher.

Meine Mutter nahm die Koffer, setzte den Strohhut auf und stieg in den Zug. Ich lief dem anfahrenden Zug hinterher.

Der Zug aber fuhr einfach weiter.

Die Sonne schien, es war Februar, es war kalt und es hatte aufgehört zu schneien.

Vielleicht aber auch nicht.

Bevor ich zurück in die Wohnung ging, lief ich zum Fluss. Obwohl es kalt und Winter war, sah ich Huckleberry Finn dort in der Sonne sitzen. Ich hatte ihn lange nicht gesehen. Er trug keine Schuhe, und er zitterte nicht. Sein Hut klemmte zwischen seinen Füßen. Ich setzte mich neben ihn und legte meinen Arm um seine Schulter. »Du frierst nicht, Hucky, wenn man nicht will, friert man nicht, verstehst du?«

Ich sagte es ganz leise und versuchte, so zu gucken wie Onkel Sigi, wenn er mir sagte, dass meine Mutter ihre Wollmäusetage hat und wir ganz vorsichtig sein sollten. Ich sagte es mit Onkel Sigis grünen Augen und seiner sanften Stimme. Huckleberry Finn und ich, wir saßen so, wie wir früher oft gesessen haben.

»Hör genau zu, Hucky. Ich gehe weg für immer. Es muss sein, geht nicht anders. Meine Mutter und Onkel Sigi wissen nichts davon, und ich werde auch nicht mit ihnen darüber sprechen. Sie würden es nicht verstehen. Meine Mutter wäre am Boden zerstört und würde glauben, es sei ihre Schuld. Auch Onkel Sigi würde sich furchtbare Sorgen machen und mir sagen, dass ich noch nicht so weit sei. Er würde sagen: *Bleib, Giraffe, geh nicht. Du musst noch ein bisschen auf die Weide. Ist noch zu früh.*«

Huckleberry Finn schaute aufs Wasser, als ich weitersprach.

»Aber wenn ich erstmal weg bin, werden sie begreifen, dass es nicht anders ging. Sie werden ihr Leben weiterleben, ohne mich, sie werden an mich denken und wissen, dass man manche Dinge einfach nicht verstehen kann. Und genauso machst du es auch. Du machst einfach weiter. Versprich mir das.« Es tat mir gut, so viel zu reden, und es fühlte sich richtig an.

Huckleberry Finn schaute mich an. Er sah normal aus und gleichzeitig wie jemand, der etwas Schlechtes gegessen hat und damit nicht rechnen konnte. Irgendwann stand er auf. Erst schaute er lange auf den Fluss und dann genau so lange auf mich. Er gab mir seine Pfeife, drehte sich um und ging. Eine Weile stand ich noch da, schaute in den Himmel und warf die Pfeife in den Fluss.

Ich setzte mich ins Gras und in meinem Bauch wurde es warm.

Ich packte ein bisschen Wiese in die Unterhose und sah Hibiskusblüten an meinen Beinen herunterranken. Darüber musste ich lächeln. Ich ging zurück in unsere Wohnung, machte mich gründlich sauber und setzte mich an den Küchentisch. Ich sah mir alles ganz genau an. Den Tisch, den Herd, das Waschbecken, in dem meine Mutter abwechselnd Kartoffeln und ihre BHs gewaschen hatte. Das Waschbecken, an dem Onkel Sigi sich jahrelang rasiert und »Rot ist die Liebe« gesungen hat. Das Sofa, auf dem sie oft gelegen hat und aus dem an ihren Wollmäusetagen der Zorn kroch.

An dem Tag, als meine Mutter in den Zug gestiegen ist, entschied ich mich, dass ich daran nicht sterben würde. Nicht daran und auch nicht an allem anderen. Es schien alles normal zu sein, nur dass ich zum ersten Mal meine Tage bekommen hatte, meine Mutter nicht mehr da war und die Tür zu ihrem Zimmer offenstand.

Ich setzte mich auf ihr Bett. Ich schaute mich um. Alles war aufgeräumt, sauber. Die Postkarten waren weg. Es waren winzige Löcher an der Wand ihres Bettes, die Löcher von den Heftzwecken der Postkarten von Udo von Greimlich. Ich schaute sie mir lange an. Ich kniete mich auf das Bett meiner Mutter, das fein säuberlich abgezogen war, in dem Zimmer, das nach nichts roch. Ich schaute sie mir genau an. Die Löcher.

Löcher. Löcher, so klein wie winzige Ameisengräber. Wenn es überhaupt nach irgendetwas roch in dem Zimmer, dann roch es nach den Löchern in den Wänden.

An dem Tag, als meine Mutter in den Zug gestiegen ist, legte ich mich auf ihr Bett. Dort lag ich drei Tage. Ich schlief nicht. Die Einsamkeit meiner Mutter, ihre Einsamkeit und ihre Lügen, waren zu meiner Mitgift geworden. Und dieses Gift war es, was in meine Kleider kroch. Ich zog mich aus. Nackt, ich fror nicht. Aber dieses Gift kroch unter meine Haut, langsam, über Stunden und Tage. Es roch nicht gut. Es roch wie die Früchte der Ginkgobäume.

Ich begann mich zu erinnern. Ich erinnerte mich an die Sonne im Garten der Knubbelkopffrau, und dass ich ihr die Stola nie zurückgegeben hatte, weil sie vorher starb. Ich erinnerte mich an die dicke Katze, an das Waisenhausmädchen auf dem Fußballplatz, an den Geruch von *Badedas* und an die Stelle, an der die tote Gudrun lag, wo auch ich gelegen hatte. Ich erinnerte mich an den kleinen Weg am Fluss, wo ich den Manschettenknopf gefunden hatte, an meine Mutter und den Unterrock mit dem Fettfleck unten links. Ich erinnerte mich an ein dickes Gespenst, erinnerte mich an Elli, wie sie vor dem Klohäuschen stand. Und ich erinnerte mich an den rostroten Herrn Brockmann, an die Bank, wo er saß, an den Schnee. Ich erinnerte mich an das Zigarettenlied des Kommunisten, und ich erinnerte mich an Gudruns Brille, die mit Kaugummi geklebt war.

Ich erinnerte mich so lange, bis ich mich nicht mehr bewegen konnte. Ich aß nicht. Ich trank nicht.

Es wurde Nacht, es wurde Tag. Ich hörte ein Geräusch, es hörte sich an wie ein sich aufbäumendes Tier, schwach und in Gefangenschaft. Ein Tier, das versucht, kein Geräusch zu machen. Das war ich.

Am dritten Tag stand ich auf und legte mich ein paar Stunden in heißes Wasser. Danach legte ich mich eine Weile draußen in den Schnee. Das Gift floss in den Schnee, den armen Schnee, der sich schwarz färbte und schrie. Als er nicht mehr schrie, der arme Schnee, stand ich auf, zog mir meine Kleider an und legte mich noch einmal auf das Bett meiner Mutter.

Irgendwann stand Onkel Sigi in der Tür. Im Gegenlicht konnte ich sein Gesicht nicht sehen. Aber ich erkannte ihn sofort. Onkel Sigi wickelte mich in die Wolldecke, die von dem Bett meiner Mutter, nahm mich hoch, sagte leise: »Mach dich leicht, Giraffe«, und er trug mich fort. Er nahm mich einfach mit. Die Wolldecke roch nach Mottenpulver und Mundgeruch. Ich aber roch gut.

Die Löcher, die Löcher von den Heftzwecken der Postkarten, die Ameisengräber, waren das Letzte, worauf mein Blick fiel, als ich auf Onkel Sigis Arm erst das Zimmer meiner Mutter und dann das Haus für immer verließ.

Es war kalt, als Onkel Sigi mich forttrug und die Morgensonne schien. Es war die gleiche Sonne, die am Himmel stand, als meine Mutter in den Zug gestiegen war und ich sie zum letzten Mal gesehen hatte. Nie wieder habe ich so viel Winter gesehen.

3. TEIL
MAU-MAU-KOLONIE

Anfangs brachte Onkel Sigi mir das Essen ins Zimmer. Er hatte kochen gelernt. Mein Zimmer in Onkel Sigis Wohnung war klein. Trotzdem war es das schönste, hellste Zimmer. Es hatte ein Fenster mit einer großen Fensterbank, auf der ich las, aß und alles in Ruhe betrachten konnte. Draußen waren keine Bäume, nur Sträucher, Büsche. Anfangs lag ich oft in meinem Bett, mit den Füßen auf dem Kopfkissen.

Ich träumte von Huckleberry Finn, wie wir am Mississippi saßen, und von meiner Mutter, wie sie am Fenster in ihrer Küche stand, rauchte, wie sie in ihrem Zimmer tanzte und ich ihr von meinem Baum aus zusah.

Nachdem Onkel Sigi mich in die Mau-Mau-Kolonie geholt hatte, war ich lange nicht aus meinem Zimmer herausgekommen. Das Zimmer war fast so klein wie die Tonne von Huckleberry Finn oder das Klohäuschen. Das gefiel mir. Es gefiel mir besser, dort zu sein, als draußen bei den Leuten. Das Zimmer, es hatte keine Mustertapeten wie bei uns zu Hause. Es war mit Raufaser tapeziert.

»Neutraler«, sagte Onkel Sigi.

In der Raufasertapete waren unterschiedlich große Knubbel. Wie Suppe mit Milchreis sah das aus. Wenn ich abends im Bett lag, meine Füße auf dem Kopfkissen, knibbelte ich die Knubbel aus der Tapete und steckte sie in den Mund. Sie schmeckten nicht. Sie schmeckten aber auch nicht so eklig wie Milchreis. So viel war sicher.

Ich wuchs und wurde noch länger. Onkel Sigi nahm es nickend zur Kenntnis. »Bald siehste aus wie eine *ausgewachsene* Giraffe, Tilda.«

Meine Streifzüge wurden kürzer, seltener. Auch das Klohäuschen war längst wieder zugewuchert, es verwaiste. Ich wollte nicht mehr hin. Es gab für mich keinen einzigen Ort mehr, an dem alles gut war.

Unsere Siedlung und die Mau-Mau-Kolonie waren durch einen langen Weg aus roter Erde verbunden, Abraum aus dem Bergbau war das, und der Weg war nur durch die Grenzstraße unterbrochen. Ich musste durch das Grenzgebiet, um in mein altes Revier zu kommen. Die Mau-Mau-Kolonie war Feindesland. Eigentlich hatte das nie aufgehört. Kinder von außerhalb wurden von den Mau-Mau-Kindern mit Steinen beworfen, wenn sie durch die Grenzstraße mussten. Auch das hatte nicht aufgehört. Sie lauerten mir *heimlich* auf, weil Gina und Onkel Sigi dort sowas wie die Koloniechefs waren.

Zu unserem Haus ging ich nie wieder.

Ich half Gina zwar noch ab und zu im Kaiserhof, aber es war dort nicht mehr dasselbe. Gina war das egal: »Es ist viel passiert. Irgendwann vergessen die Leute. Warte nur ab, bald wird hier wieder gesungen. Aber du, Tilda, du bist im Leerlauf. Hau rein, ist Tango. Nicht immer nur zugucken, Kleines.«

Aber mit Gucken kannte ich mich aus.

Es dauerte bis in den Frühling hinein, bis die Menschen wieder auftauten, und es wurde im Kaiserhof auch wieder laut. Die Geschichte von Gudrun und dem Kommunisten wurde immer wieder erzählt. Jeder hatte eine andere Meinung dazu, aber alle behaupteten, sie hätten mehr oder weniger den gleichen Riecher gehabt. Der Greimlich war ein Schwein. Ein Kommunist und ein Schwein. Man hätte es wissen müssen. Von vornherein. So wie der die Frauen hier alle konfus gemacht hat.

Immer mal wieder lief ich am Haus des Kommunisten vorbei, um zu sehen, ob er wieder da war. Von Zeit zu Zeit schaute Gina mich an und sagte: »Der kommt so schnell nicht wieder. Das Schicksal hat ganze Arbeit geleistet.«

Ich fragte Gina noch zwei Mal, ob sie die Geschichte von damals kennen würde. Sie schaute mich lange an und sagte jedes Mal: »Kartoffelpuffer?« Onkel Sigi habe ich nicht gefragt.

In der Zeit, in der ich in der Mau-Mau-Kolonie lebte, fing ich an, viel zu lesen. Der Büchermann half mir bei der Auswahl.

Über meinen Besuch bei ihm im Sommer haben wir nie gesprochen. Er hat auch nie mehr nach meiner Mutter gefragt. Er war, nachdem sie weg war, noch ein wenig freundlicher zu mir als sonst. Er hat mich aber nie wieder zu sich nach Hause eingeladen.

Jetzt, wo meine Mutter nicht mehr da war, versorgte er *mich* mit allem, was er als »gutes Buch« empfand. »Lies das mal, Tilda, das öffnet den Geist«, sagte er immer. Ich glaubte ihm. Und es stimmte. Vor allem *Der Zauberberg* und *Die große Flatter* gefielen mir. Ganz unterschiedliche Geschichten, eine wie aus der Mau-Mau-Kolonie, nur in ausgedacht, und der *Zauberberg* in komplett ausgedacht. Ich wusste bis dahin nicht, dass es solche Zauberberge gab. Bei uns starben die Leute einfach, wenn sie so krank waren.

Ich hatte dem Büchermann von dem fremden Mädchen mit der Fliege erzählt und er gab mir ein paar Bücher für sie. »Geh doch mal hin, vielleicht könnte sie ja ein interessanter Mensch für dich sein, Tilda. Eine Freundin.«

Im Waisenhaus gab es einen langen Gang, es roch nach gar nichts, es war auch nicht laut, obwohl da doch viele Kinder lebten. Auf dem Flur kam mir eine lange, beige aussehende Frau entgegen: »Was machst du hier? Kann ich dir helfen?«

»Ich habe hier ein paar Bücher vom Büchermann für das Mädchen mit der Hochwasserbuxe und der Fliege um den Hals. Die wohnt hier.«

Sie guckte mich etwas länger an: »Hm, ich kenne niemanden, auf den diese Beschreibung passt. Wie heißt das Mädchen denn, und wer ist der Büchermann?« Die Frau sprach sehr langsam.

Ich wusste nicht, was ich sagen sollte, und zuckte mit den Schultern.

Die lange Frau dachte nach, das konnte ich sehen. Sie nahm mir die Bücher aus der Hand: »Gib sie ruhig her, Kind, wir freuen uns hier immer über Bücherspenden.«

»Ich würde mir gerne mal die Fliege von dem Mädchen ausleihen«, sagte ich schnell.

Die Frau schaute mich noch eine Weile an, dann sagte sie: »Nun ja«, drehte sich um und ging. Dem Büchermann erzählte ich, dass das Mädchen sich gefreut hatte.

Irgendwann stellte ich fest, dass ich Gedichte mochte: *An den Mond*, das ist bis heute mein Lieblingsgedicht. Der Büchermann freute sich darüber.

»Du bist vielleicht ein komischer Vogel«, sagte Gina, als sie einen Blick in eines meiner Bücher warf. Sie grinste und zwickte mich. Das machte sie oft, es war *ihre* Art Ausrufungszeichen.

Gina nahm mich einmal mit zu ihren Bandproben, aber die Musik war mir zu laut, und die Zigaretten rochen süßlich. »Dein Onkel kommt manchmal mit, der singt wie Frank Sinatra. Nicht mein Geschmack, aber richtig gut. Sag mal, Kleines, hast du vielleicht mal von Tom Waits gehört? Dem Sänger? Hat gerade einen Song rausgebracht, geht um einen Rucksack, der Matilda heißt. Ums unterwegs sein. Mathilda, so heißt du doch in echt, oder?«

Ich nickte.

»Die Musik ist so walzermäßig. Aber dein Sinatra-Onkel ist auch nicht schlecht. Mal sehen, vielleicht lassen wir ihn mitmachen, deinen Onkel. Ich kreische. Er singt.« Gina lachte ihr blaues Lachen.

Ich aber las.

Als es wärmer wurde und ich bei meinen Streifzügen mal wieder an dem Haus der Knubbelkopffrau vorbeilief, kam der alte Postbote angeradelt. Er musterte mich freundlich. »Na, Tildachen, willst du ihr vielleicht *jetzt* mal die Post bringen?«, fragte er vergnügt. Vergnügt ist ein Wort, dass ich auf immer mit dem alten Postboten verbinde.

Ich wurde rot, fühlte mich ertappt und nickte schnell. Er schob sein Fahrrad zur Haustür, und mein Herz klopfte ein bisschen. Die Knubbelkopffrau hatte uns schon gesehen. Die Tür war einen Spalt weit geöffnet und ich hörte ein Geräusch, wie wenn zwei Teile eines Reißverschlusses aneinander klappern. Eine alte, dünne Hand, mit Fingern wie Rundstricknadeln aus altem Leder, schob sich durch den Spalt und schnipste streng. Der Postbote nickte mir zu und ich übergab den Rundstricknadeln die Werbebroschüren. Richtige Post war nicht dabei. Der Spalt schloss sich wieder.

Die Knubbelkopffrau hatte ich nicht gesehen.

Ich schaute den Postboten an und er sagte versonnen: »Sie hat einmal in einer großen Stadt gelebt.«

»Ich weiß, und warum ist sie zurückgekommen?«

»Der Knubbel auf ihrem Kopf ist eigentlich eine Baumperle. Warum die ausgerechnet auf *ihrem* Kopf wächst, das weiß keiner. Tja, sie war einmal eine schöne Frau, die Elsa. Auch die Hände.«

Auch von der Knubbelkopffrau bekam ich nie eine Antwort.

Der Kükenretter

»Hör zu, komm klar, finde dich zurecht«, sagte Gina. Sie kam gleich am ersten Tag meines Einzugs in die Mau-Mau-Kolonie zu mir ins Zimmer, sah mich dort sitzen. Ich hatte mich übergeben müssen und fühlte mich sehr schwach, aber sie guckte sich ungeniert um: »Noch nix drin in der Bude? Sag, wenn du was brauchst«, und nach einer kleinen Pause: »Du wirst dich schon dran gewöhnen.«

Sie zwickte mich und kniff die Augen zusammen. »Tilda, die Jahre, die du bleiben musst, sind zu lang, um in deinem Zimmer zu sitzen, dir komische Gedanken zu machen und die Zeit zu überbrücken. Wenn du schon hier bist, Tilda, mach was draus. Es ist im Grunde egal, wo du lebst, schau einfach genau hin und zieh die richtigen Schlüsse. Oder willst du jetzt die ganze Zeit über der Kloschüssel hängen? Das bringt nicht wirklich was, oder?«

Zu dieser Zeit hing ich oft über der Kloschüssel, wie Gina es ausdrückte. Manchmal hielt sie meinen Kopf. Gina tat alles, damit sich das Leben in der Mau-Mau-Kolonie für mich nicht vertan anfühlte. So, als wüsste sie, dass ich einfach nur durchhalten müsste, die paar Jahre, bis ich alt genug war, »und dann biste sowieso nicht mehr hier. Du wirst immer ein Randmensch bleiben, egal wo, finde dich damit ab. Du wirst nie hierhin gehören, das hat auch seine Vorteile.«

Das ist Onkel Sigis Text, dachte ich.

Onkel Sigi war verliebt, Gina nicht. »Wir beiden sind einfach nur ein gutes Team. Mehr nicht, ich find' ihn lustig, wir spielen Karten«, sagte Gina und zwinkerte. »Ich sag dir mal, wie Sigi und ich uns zum ersten Mal getroffen haben, das war echt seltsam. Ich bin zur Schneekoppe, weil ich Spülmittel brauchte, und da stand er hinter der Verkaufstheke. Wie ein Verkäufer. Nur ohne Kittel. Ich habe ihn gefragt, wer er ist und was er da macht und er sagte: ›Ich bin es. Was kann ich für Sie tun?‹ ›Ohne Kittel?‹, habe ich ihn gefragt, und er sagte: ›Das spielt keine Rolle. Hauptsache ist doch, dass ich es bin?«

Gina lachte. »Dein Onkel ist ein echt schräger Vogel, Tilda. Ich mochte ihn sofort.«

Ränder. Das war es, was ich vom Fenster aus sehen konnte. Menschen, Häuser, Bäume. Alles am Rand.

In der Mau-Mau-Kolonie blieb ich die Neue. Ich wurde nicht mehr dauernd mit Steinen beworfen, denn irgendwann fing ich an, zurückzuwerfen. Ich kannte niemanden, außer dem Jungen, den Gina mal mitgebracht hatte in den Kaiserhof, der mit dem Kabel, er gehörte zu der Meute, guckte aber nur zu.

Mir fehlten unsere Küche, das Sofa und der Zigarettenrauch meiner Mutter. Aber vor allem fehlte mir Huckleberry Finn. Dass ich irgendwann aber einmal so in Ginas Nähe sein würde, das hätte ich mir nie vorstellen können. Früher wäre das ein Glück gewesen. Gina guckte mich manchmal nachdenklich an: »Vielleicht bleibst du ja sogar für immer hier, du Randnixe.« Ich sah ihr an, dass sie das selbst nicht glaubte.

Kurz nach meinem Umzug von der Siedlung in die Mau-Mau-Kolonie fragte ich Gina nach der Bedeutung des Siedlungsnamens. Sie schaute mich mit ihren blauen Haaren und den weisen Wasseraugen an: »Der Name war immer schon da. Seitdem ich lebe.« Wieder lachte sie.

Ihr fehlte immer noch ein Zahn, den sie nicht reparieren ließ. Ich habe sie mal gefragt, warum, sie lachte und meinte, das sei ihre Glückslücke. Gina wollte Jura studieren und war eine Institution in der Kolonie, half beim Bescheißen und beim Schlichten von Schlägereien.

Als ich ein paar Wochen in der Mau-Mau-Kolonie lebte, saß ich in Ginas Küche, als die Mau-Maus hereinmarschiert kamen. Leute, die Hilfe bei den Anträgen fürs Amt brauchten. Gina wollte, dass die Leute mich mit ihr sahen. »Bleib mal, setz dich dazu, da lernste was fürs Leben«, sagte sie und drückte mich auf den Stuhl zurück.

Die Mau-Maus betrachteten mich argwöhnisch. Nach kurzer Zeit vergaßen sie mich. Anträge wurden getürkt, stimmten nie, es war fast alles gelogen, *frisiert*, wie sie sagten, die Mau-Mau-Leute.

Manche von ihnen schickten auch ihre Kinder, weil sie selbst nicht richtig schreiben konnten. Ich saß neben Gina. Ein paar Jungens standen argwöhnisch an der Tür. Der, den sie ein paar Mal mit in den Kaiserhof gebracht hatte, stand in meiner Nähe. Plötzlich, wie aus dem Nichts, fasste er mir sehr sanft in die Haare. »Weich«, sagte er nur. »Lenor.«

Gina sah ihn scharf und schmerzlos an, und er nahm sie sofort weg, die Hand, starrte mich aber weiter an.

»Mach dir nicht ins Hemd, Tilda. Das ist Volki, den kennste doch, der ist ein bisschen plemkacki, aber harmlos. Der wird dir immer wieder über den Weg laufen, ab jetzt bist du seine Freundin, finde dich damit ab. Weißt du, hier wehrt sich jeder auf seine Weise. Hier wird beschissen, was das Zeug hält. Hier prüft man, was geht oder was man sein lässt, auch, was oder wen man reinlassen will in das Mau-Mau-Leben. Hier fasst dir auch schon mal jemand ungefragt in die Haare.« Sie lachte. »Warum auch nicht. Mir gefällt das.« Ich nickte.

Von nun an heftete sich Volki an meine Fersen. Wenn ich aus dem Haus kam, stand er da, schaute mich an. Sein Gesicht hatte die Farbe eines schmutzigen Aschenbechers. Er hielt ein Stückchen Stromkabel in die Luft: »Kämpfchen machen?«

Ich wollte nie ein Kämpfchen machen.

Er ließ sich nicht abwimmeln, lief hinter mir her, verliebt und mit diesem abgeschnittenen Kabel in der Hand. »Lenor«, rief er. Und seine Nase lief. »Lenor.«

Manchmal trug er eine uralte Gasmaske.

»Wenn du willst, dass er geht, beachte ihn nicht, irgendwann lässt er dich in Ruhe«, sagte Gina.

Es war so, wie sie sagte. Nach ein paar Wochen stellte er sich wieder vor ihre Haustür. »Kämpfchen machen?«

Gina nahm Volki manchmal mit zu ihren Bandproben, zum Einkaufen, oder er durfte bei ihr am Küchentisch sitzen, gar nichts tun und sein Kabel in die Luft halten.

Sie schenkte mir einen Kassettenrecorder und zwei Musikkassetten. Die Musik hörte sich fremd an, aber auch wieder nicht. Ich habe sie mir oft angehört. Mit Kopfhörern in meinem Zimmer. Ich wusste nicht, wie man dazu tanzt und habe stattdessen mit den Armen geschlackert. Auch draußen im Hof.

Viele der Mau-Maus hatten Kleingetier, Kaninchen, Hühner. Illegal, wie die Lagerfeuer auf den Höfen am Wochenende. Es gab selbstgezimmerte Ställe vor den Türen der Leute. Volki hatte einen Hund. Rosie, ein Rüde. Er hatte das Bellen verlernt und sah furchterregend aus. Ich träumte manchmal von ihm, und im Traum war Rosie war ein großer, grauer Zigeunerhund mit einem goldenen Ohrring und einer Augenklappe, der mit mir über Friedhöfe lief.

Ich musste an Volkis Hauseingang vorbei, wenn ich zur Trinkhalle ging. Da saß er oft auf der Treppe und starrte mich an, rief »Lenor«, lief aber nicht mehr hinter mir her.

Irgendwann kam Volki mir entgegengerannt, verschwitzt, mit Rotz und Tränen. Er zeigte auf Rosies Wassernapf. Es waren ein paar Küken geschlüpft, und sie schwammen ertrunken in Rosies Napf.

Er weinte laut, als er auf den Wassernapf zeigte. Und so zart, wie er mir vor kurzem übers Haar gestreichelt hatte, wickelte er die Küken in ein dreckiges Handtuch und trug sie eilig in die Küche.

Ich wollte ihn nicht allein lassen und ging mit.

Die Wohnung roch und war vollgestopft mit Armut. Es stank. Ich versuchte, unauffällig durch den Mund ein- und auszuatmen.

Volki schaltete den Backofen an, legte das Handtuch mit den Küken hinein und stellte ihn auf kleine Flamme. Nach einer Weile plusterten die Küken sich auf und lebten wieder.

Volki hatte zwar ein Gesicht wie eine kleine, hungrige Ratte, war aber ein Kükenretter.

Wir lachten uns an.

Ein paar Tage später sah ich, wie Volki die piepsenden Küken vorsichtig in demselben dreckigen Handtuch über den Hof zum Wassernapf trug und ins Wasser tauchte, bis sie sich nicht mehr rührten.

Seitdem habe ich einen anderen Weg zur Trinkhalle genommen. Gina aber ließ sich nicht aus der Ruhe bringen. »Ach was, die paar Küken.« Als sie mich zwicken wollte, wich ich ihr aus.

Volki war dabei gewesen. Bei der Steinewerfermeute. Immer. Und immer in der letzten Reihe und immer leise, so leise, wie eine Ratte, die auf Watte pisst.

Reiche

Ich las oder hörte Musik.

Gina half weiter beim Bescheißen, las den Leuten aus der Hand, und die meisten Leute glaubten, was sie sagte.

»Dummes Zeug, niemand kann aus der Hand lesen, wir wissen das. Ihr ›Gadsches‹ seid einfach ein bisschen dumm«, sagte Gina. »Ich erzähle euch einfach irgendetwas. Was mir gerade so einfällt. Ist meine Hintergrundmusik.«

Die Gadsches sind die Anderen. Die Nichtzigeuner.

Meine Mutter war lange der Meinung, »die Frauen in der Mau-Mau-Kolonie, die taugen nix, sind nur fürs kurze Anfassen, zum Kartenspielen und Flaschendrehen. Für gut sind die nicht. Alles Kroppzeug. Die lügen wie die Besenbinder. Das ist ein Fehler, dass der Sigi da hingeht, das ist ein Fehler in seinem Drang, ich weiß, wovon ich rede.« Das sagte sie mit einer Drohung und einer halben Packung Roth-Händle in der Stimme.

Meine Mutter, die immer jemanden fand, an dem sie kein gutes Haar lassen konnte. Meine Mutter, die weg war.

Als sie Gina ein bisschen länger kannte, änderte sie ihre Meinung. »Ungern, aber immerhin. Ich glaube, sie ist wirklich nicht übel. Dass sie das geschafft hat, als Mau-Mau-Frau im Kaiserhof zu arbeiten, das liegt am Abitur. Wirklich nicht übel, die Kleine, aber blaue Haare? Und diese Zahnlücke? Die sollte auf jeden Fall mal zum Zahnarzt gehen. Ich bitte dich.« Während sie das sagte, prüfte sie ihre Vorderzähne und nickte zufrieden. »Eine schöne Frau ist auch an den Zähnen gepflegt. Gerade da. Guck dir mal die Zähne von Caterina Valente an. Schneewittchenweiß. *Komm ein bisschen mit, bisschen mit, nach Italien*«, sang sie. »Aber«, sie schnalzte mit der Zunge, »ich glaub', die Gina, die ist nicht schlecht für den Sigi.« Sie schürzte die Lippen. »Nur die Zähne. Na ja.«

Onkel Sigi glaubte, *die Gina steht nicht auf Männer. Ist okay. Ist nicht wichtig.* Heute denke ich auch, ihm war es egal. Onkel Sigi wollte einfach bei ihr sein. Bei ihr und ihrer Glückslücke.

»Am besten, du hältst dich an Gina«, sagte Onkel Sigi nach meinem Umzug. Er stand im Türrahmen meines Zimmers. »Die meisten hier sind nett und die paar echten Assis, da musst du durch. Sind harmlos. Die haben nur was gegen Reiche und gegen Leute, die anders sind.

»Ja«, sagte ich, und nach einer kleinen Pause: »Meine Mutter hat gesagt, ich soll dich fragen.«

»Was sollst du fragen?«

»Ich soll dich nach dem Klohäuschen fragen«, log ich. »Nach damals. Ja, das hat sie gesagt. Am Bahnhof. Frag Onkel Sigi nach dem Klohäuschen, der wird es dir erzählen.«

Onkel Sigi starrte mich für einen Moment an, so wie ich es von ihm nicht kannte. Dann sagte er: »Ist nicht meine Geschichte. Weißt du«, nahm er den Faden wieder auf, »für die Leute aus der Mau-Mau-Kolonie ist jeder von außerhalb reich. Du musst das hier alles nicht zum Kotzen finden.«

Ich wartete noch einen Augenblick, ob er vielleicht doch noch etwas zu damals sagte. Aber er sagte nichts.

»Warum? Warum tun diese Leute hier, als wärst *du* einer von ihnen?«

Onkel Sigi zögerte: »Irgendwas an meinem Geruch, Stallgeruch vielleicht?« Er grinste. »Nee, Quatsch, ich spiele gerne Karten, Giraffe, sollteste auch mal lernen.«

Dann ging er. Er pfiff nicht. Immerhin. Diesmal nicht. So viel war schon mal klar. Das *Damals* hat ihn vom Pfeifen abgehalten. Mir fehlte meine Straße und der Geruch der Ginkgobäume. Selbst der schlechte.

Das Haus der Knubbelkopffrau

Ein paar Mal noch ging ich an dem Knubbelkopfhaus vorbei, um einen Blick auf das ein oder andere zu erhaschen. Aber es war immer wie sonst.

Irgendwann im Winter starb sie. Allein, so wie sie gelebt hatte. Der alte Postbote hatte sie gefunden. Der hatte seit vielen Jahren einen Schlüssel zu ihrem Haus. Es wurde verriegelt. Und noch bevor die Siedlungskinder sich über das Haus hermachen konnten, stieg ich dort ein und sah mir alles an. Es war nicht so, wie ich es mir vorgestellt hatte. In einem der Räume stand ein Klavier. Es sah aus, als hätte vor kurzem jemand darauf gespielt.

Ich fand ein Fotoalbum, setzte mich auf das Samtsofa und schaute mir die Fotos ganz genau an. Es waren alles Frauen. Frauen von früher. Unter den Fotos standen Sachen wie: »Olga, 1923, kurz bevor sie wegging«. Oder: »Olga und ich, als uns die Welt noch offenstand und alles noch gut war«. Das waren junge, lachende Frauen mit komischen Potthüten, die weiße Stolen um ihren Hals trugen. Ich habe mich gefragt, ob eine der Frauen vielleicht die Knubbelkopffrau war. Ich glaubte damals, dass alle Frauen in den großen Städten zu der Zeit einen Knubbel auf dem Kopf hatten und eine Kunstfellstola um die Schulter trugen. Ich musste mal den Postboten fragen.

Der Geruch in dem Haus war nicht so, wie ich ihn mir vorgestellt hatte. Es roch nicht nach alter Frau. Es roch auch nicht nach dicker Katze. Es roch nach Datteln, Zitrone und Zimt. Es roch nach den lachenden Frauen in dem Fotoalbum. Den Geruch von Zitronen hatte ich immer gemocht. Jetzt liebte ich auch den Geruch von Datteln und Zimt.

Mein Brief lag geöffnet auf dem Klavier. Ich steckte ihn ein.

Als ich aus dem Knubbelkopfhaus schlich, sah ich das fremde Waisenhausmädchen im Garten. Sie trug über ihrem

Hemd mit der Fliege einen weißen Kunstpelzmantel, der ihr viel zu groß war, und saß auf dem winzigen, verrosteten Dreirad neben der Katze. Sie sah verloren aus in dem Mantel. Es war ein klarer, kalter Tag, und es sah ein bisschen aus, als unterhielte sich das Mädchen mit der Katze. Als sie mich sahen, verschwanden beide. Schneller, als ich gucken konnte. Ich hätte sie gerne gefragt, ob ihr die Bücher gefallen haben.

Bei der Beerdigung der Knubbelkopffrau regnete es nicht. Es kamen viele Menschen. Fast die gesamte Siedlung. Da war noch Winter. Bis der Frühling kam. Und noch ein paar weitere.

Die schöne Elsa und die Knubbelkopffrau, beide hatten mir nie zurückgeschrieben.

Mein Körper veränderte sich weiter. Meine Haare wurden dunkler. Ich war kein Strich mehr. Kein Strich in der Landschaft. Ich wurde ein Strich mit Beulen.

Der Kükenstall

An einem der Tage, an denen der Frühling unterwegs zu uns war, brannte Volkis Kükenstall. Sie sahen schön aus, die lodernden Flammen, wie Kleider von schönen Frauen aus alten, ganz frühen Farbfilmen. Ich stand in der Nähe hinter einem Baum, als die Feuerwehr kam, um den schreienden Volki aus dem Stall zu ziehen. Die Kolonie-Leute hielten ihn fest, sonst wäre er zurück in das Feuer gerannt. Seine Nase lief und er war dreckig, voll mit Ruß. Er war außer sich und hatte sich in die Hose gemacht. Seine Tante kam angerannt, riss ihn an sich und nahm ihn in den Schwitzkasten. »Du warst das, du! Was haben die Scheiß-Küken dir getan, ich steck dich ins Heim, du widerlicher kleiner Drecksack!!« Volkis Tante war eine Mau-Mau-Frau mit vielen Kindern und zu engen Röcken. Sie schüttelte den Volki. Volki, den Kleinen, der mager war, wie eines der ertrunkenen Küken. Sie schüttelte ihn so lange, bis er halbtot war und in das Gesicht seiner Tante wimmerte: »Kämpfchen machen?« Die Feuerwehr spritzte mit ihren Schläuchen auf das Hühnerhaus, es qualmte, es roch nach verbranntem Fleisch.

»Dieses Kind ist ein Ungeheuer, und ein Brandstifter noch dazu.« Volkis Tante heulte laut und schlug ihn, dabei küsste sie immer wieder hart sein Gesicht. Die anderen Frauen griffen nach ihr, aber sie klammerte sich fest an den verrotzten Volki, und die Tante heulte dabei wie die alte Wölfin im Tiergarten.

Irgendwann warf sie Volki in den Dreck und starrte ihn an. Die Kolonie-Leute starrten Volkis Tante an. Bis auf die keuchende Frau und bis auf den wimmernden Volki war es für einen Moment still. Nur der Geruch nach verbranntem Fleisch.

Jetzt, wo alle auf Volki starrten, der im Dreck lag, jetzt, wo es still war, bis auf das Feuer und von weitem die Rufe der

Feuerwehrleute, jetzt sah ich Gina, die zu Volki lief und ihn in den Arm nahm. Ich wartete noch eine Weile, und erst, als ich sicher war, dass der Kükenstall bis auf die Grundmauern abgebrannt war, erst dann rannte ich davon.

Ich lief zum Fluss und wusch mir die Hände, immer und immer wieder. Aber der Geruch, der Benzingeruch, der blieb. Und nur dieses einzige Mal noch musste ich mich übergeben. Danach nie wieder.

Onkel Sigi erzählt

Als ich schon eine Zeitlang bei Onkel Sigi in der Mau-Mau-Kolonie lebte, fragte ich ihn, warum er mich an dem Tag, als meine Mutter verschwand, genau zu diesem Zeitpunkt aus dem Haus geholt hatte und woher er wusste, wann der richtige Zeitpunkt war.

Er schaute mich mit seinen grünen Waldaugen lange an. »Ich habe ein Geräusch gehört, dieses Geräusch, wie von einem sich aufbäumenden Tier, bis hier in die Mau-Mau-Kolonie habe ich es gehört. Dieses Geräusch von jemandem, der kein Geräusch machen will.«

»Aber du bist nicht gekommen«, sagte ich.

»Nein«, sagte Onkel Sigi. »Gina hat gemeint, ich soll noch warten. Gib Tilda noch etwas Zeit, hat sie gesagt.«

Onkel Sigi stand in meinem kleinen Zimmer in der Tür, ich lag auf meinem Bett und tat so, als ob ich schriebe. Er mochte das. Er mochte, wenn ich schrieb, und er sah mich an, mit dem leuchtend grünen Onkel-Sigi-Blick, der mich tröstete, so wie er mich immer getröstet hatte. *Gib ihr noch etwas Zeit*, hatte Gina gesagt, *warte, bis sie fertig ist.*

»Erst nach drei Tagen hat Gina zu mir gesagt: ›Jetzt geh und hol sie. Schnell.‹ Und dann bin ich losgegangen.« Onkel Sigi nickte zärtlich an mir vorbei.

Wie er so dastand und ich ihn im Gegenlicht nicht wirklich sehen konnte, wie sich das anfühlte, damals, das habe ich nie vergessen.

Ich weiß, warum meine Mutter weggegangen ist. Vielleicht war das Weggehen ohne mich für sie so wichtig wie ihre tanzenden Sonntage in ihrem blauen Kleid. Sie wusste, dass diese Zeit endgültig vorbei war.

Kann ja sein, dass ihr die Zeit mit mir zu langatmig wurde. Zu lang und zu dünn. Kann ja sein.

Volki sah ich nur noch selten, und wenn, nur von weitem.

Er saß oft auf seiner Treppe, sein Rattengesicht eingefallen, der Hund neben ihm dürr mit schmutzigem Fell.

Die Lunge von Volki war ganz kaputt. Er konnte nicht mehr gut atmen. Sein Kabel aber hielt er weiter in die Luft. Das schon. Hin und wieder saß das Waisenhausmädchen neben ihm. Sie trug immer noch eine Fliege und diesen weißen Kunstfellmantel, egal, bei welchem Wetter. Sie saß einfach neben Volki und seinem Hund. So, wie sie auch neben der Katze saß. Mehr nicht. Ich habe sie nicht angesprochen.

Der Kükenstall blieb eine Ruine und wurde nie wieder aufgebaut.

In meinen Träumen gab es mein Brombeernest noch. In meinen Träumen gab es Spaziergänge mit Udo von Greimlich. Es waren Spaziergänge mit mir. Mit ihm und mir. In meinen Träumen tauchte Huckleberry Finn auch wieder auf. Hucky und ich, wie wir am Wasser saßen, Hucky mit seiner Pfeife, die noch nicht im Fluss lag, und ich, die ihm ein paar wichtige Dinge erzählte, die mich betrafen, mich beschäftigten, und die mich was angingen.

In meinen Träumen hörte ich Huckleberry Finn mit mir sprechen. In meinen Träumen schaute er mich mit seinem *Ich-wasch-mich-nicht-sollen-sie-doch-ruhig-gucken-die-Leute-*, mit diesem jungen Pfeifenblick an, aber es tröstete mich kein bisschen.

In meinen Träumen vermisste ich Huckleberry Finn. Und tagsüber auch.

Ein neuer Sommer begann.

Brabbel-Brockmann

Auch wenn man mich nicht mehr mit Steinen bewarf, ging ich direkt von der Schule in mein Zimmer und las. Nur noch sehr selten machte ich meine Streifzüge in die alte Siedlung.

Einmal noch sah ich Herrn Brockmann auf meiner Bank sitzen. Er war seit dem Weggang seiner Frau ganz und gar verlottert. Auch von innen. »Vor allem von innen«, meinte Gina.

Meistens brabbelte er vor sich hin. Niemand wusste so genau, was. Niemand wollte es wissen. Für die Kinder der Siedlung war er nicht mehr der rostrote Heinz, sondern der Brabbel-Brockmann.

Ich trat zu ihm, denn ich wusste nach all den Jahren immer noch nicht, wie der Klang seiner Stimme war. Er bemerkte mich erst nicht. Ich setzte mich neben ihn und legte meine Hand auf seinen Kopf. Er hatte nur wenige Haare und die fühlten sich an wie ölige Watte. Die Ohren waren mit Schorf übersät, wie bei einem Baby. Noch nie war ich ihm so nah gewesen. Er roch nicht gut.

Als ich die Hand wieder wegnahm, schaute er sehr zart an mir hoch. Er schaute durch mich durch. Seine Augen rannten hin und her und wollten kein Ende nehmen. Er sprach leise und ein bisschen abgehackt.

»Ich hab' sie heulen gehört, die Gudrun, ich war aber froh, dass ich sie gefunden hatte, sie sollte ja mit mir nach Hause kommen. Was frühstücken. Der Greimlich rannte aus den Büschen und war ruck zuck weg. Fand's schade, dass er weggerannt ist. Ich wollt' ihm sagen, dass er verschwinden soll. Für immer. Dann bin ich hin. Die Gudrun saß in den Kitzelbüschchen auf dem Boden und heulte. Als sie mich sah, sprang sie auf. Die Gudrun hat ›Feigling‹ und ›Drecksleben‹ geschrien. Das war nich' schön. Das gehört sich nich', seinen eigenen Vater so anzuschreien. Oder?« Er schaute mir direkt ins Gesicht, seine Augen rannten.

»Und als die Gudrun mir immer wieder ›Feigling‹ ins Gesicht gespuckt hat und ›Dreckslebenʻ, hab' ich ›Aufhören‹ gesagt. Ganz normal. Wie ein Vater das eben macht. Aber sie hat einfach nicht aufgehört zu schreien und zu spucken. Die war am Durchdrehen, wild wie Schlagwetter, das Gör. Ich wusste nicht, was ich tun soll, und da lag der Stein. Ich hab' ihn genommen und zugehauen. Ich wollte, dass sie ruhig ist. Sie hat ja nicht aufgehört. Sie hätte nie aufgehört. Niemals mehr hätte sie aufgehört, das kleine Aas. Mir ist egal, wenn die Hilde rumschreit und mich haut. Frauen sind so. Aber ein Kind muss doch Respekt vor seinem Vater haben. Sie *war* doch mein Kind, irgendwie. Auch wenn's gar nicht stimmt. Ist doch so, Tilda, oder?!« Er machte eine Pause. Ich war erstaunt. Ich war erstaunt, dass er meinen Namen kannte.

»Als sie still war, habe ich den Stein auf sie gelegt und die Hände darüber. Das war schön *und* still.

Dann habe ich ihr Fahrrad genommen und bin nach Hause gefahren. Ich konnte Gudruns Fahrrad ... ich konnte es ja nicht einfach da liegen lassen. Das hatte ich ihr doch zu Weihnachten geschenkt. Das war schön, wie sie sich da gefreut hatte ... Zu Hause hab' ich der Hilde alles erzählt. Erst hat sie geschrien und mich bisschen gehauen. Sie hat aber nicht mit mir geschimpft. Sie hat ein bisschen an die Wand geguckt und dann hat die Hilde gesagt, ich soll das Fahrrad sofort wegschaffen.«

Er schaute mich an. Die Augen von Herrn Brockmann rannten immer noch hin und her. Dann blieben sie stehen, und für einen Moment sah ich seine Augen, und die hatten eine Farbe wie Katzendreck.

Er erzählte weiter, die Stimme von Herrn Brockmann wurde immer klarer, als er sagte, dass seine Frau wollte, dass er das Fahrrad in unserem, also Sigis Keller verstecken soll. Herr Brockmann aber fand, dass Udo von Greimlich an allem Schuld sei.

»Da war sie sauer drauf, dass ich dem Greimlich sein Keller genommen hab' und nicht dem Sigi sein. Richtig stinkig. Aber, sie kommt wieder zurück, die Hilde. Das war immer so.« Er kicherte. »Und der fremde Rum-macher-Kerl, der ist jetzt da, wo er hingehört!«

Ich wusste nicht, was ich sagen sollte, ich nahm ein Zuckerstückchen aus meiner Manteltasche und legte es vorsichtig neben ihn. Es war das erste Mal, dass ich Herrn Brockmann so lange hatte reden hören, und das erste Mal, dass er überhaupt mit mir sprach. Ich wusste ja nicht einmal, dass er meinen Namen kannte.

Jetzt erst sah er mich genauer an, packte meinen Arm und sagte: »Zu Fuß. Der Kommunist war zu Fuß!« Er griff in seine Jacke und holte eine Brille heraus. Eine Brille mit nur einem Bügel. Er legte die Brille neben das Zuckerstückchen. Herr Brockmann roch wirklich nicht gut, er roch nach alter Butter.

Er ließ meinen Arm los. Er spuckte aus und hinkte langsam davon.

Ich hörte Herrn Brockmann noch eine Weile leise vor sich hinbrabbeln. »Zu Fuß! Zu Fuß!!«

Seine Stimme hatte einen Klang. Welchen, weiß ich nicht mehr.

Am Schiff

Es war windig und kühl, es roch nach Meer, ich öffnete meine Tasche und hielt Onkel Sigi mein schwarzes Notizbuch entgegen. »Nimm es.«

»Was steht da drin?«

»Alles. Alles, was ich weiß und alles, was gelogen ist, und die Wahrheit.«

Er stutzte. »Das ist viel.«

Er nahm das Büchlein und schaute es von allen Seiten an. Er steckte das Buch in seine Jackentasche. In die Jackentasche seiner schwarzen Lederjacke. Er schaute dabei aufs Wasser. Eine Weile schauten wir uns an. Wach, ohne Regung und ohne Meinung im Blick, jeder so, wie er war. Dann drehte ich mich um und schaute aufs Meer, das Meer, das tat, was es immer schon tat. Das einfach da war.

Ich schaute nach oben in den Himmel. Es war windig, aber die Sonne zwängte sich immer wieder durch das Wolkengetürm. Meerwetter.

Nach einer Weile, als ich mich wieder zu Onkel Sigi umdrehte, fand ich erneut seinen Vorbeischauer-Blick, als hätte ich mich nicht abgewendet.

»Wirst du wiederkommen?«, fragte er.

Ich schwieg.

»Wirst du mir schreiben?«

»Nein.«

»Woher weiß ich, dass es dir gut geht?«

»Mir wird es gutgehen.«

Er nickte. Die Sonne verschwand hinter den Wolken.

Onkel Sigi zog seine Jacke aus und hängte sie mir um die Schultern. Dabei schaute er nicht an mir vorbei. Er schaute in den Himmel.

Ich drehte mich um, seine Jacke um die Schulter, und ging aufs Schiff.

Das Buch in der Jackentasche habe ich aber erst Stunden später bemerkt. Da war es zu spät.

Du bist tot

Jetzt, wo ich wieder an der Reling stehe, aber nicht zurück, sondern nach vorne blicke, bringe ich sie heim, die Löcher, die nun zehn Jahre älter sind, die mich so lange begleitet haben. Durch die Zeit der Lügen haben sie mich begleitet, durch die Zeit in der Mau-Mau-Kolonie, durch mein neues Leben jenseits des großen Wassers, durch meine schlaflosen Nächte.

Das alles bringe ich heim, mit den Resten der Mitgift meiner Mutter, die vor ein paar Tagen hier beerdigt wurde, weil sie in der Fremde nicht hatte sterben können.

Du hast dich lange genug warmgelaufen, du warst lange genug weg, Tilda. Du bist immer noch im Leerlauf. Merkst du das nicht? Das würde sie heute sagen, wenn sie noch was sagen könnte. Das würde sie sagen, wenn sie nicht tot wäre, meine Mutter.

Und ich würde sagen: *Rede mit dir selber, ich hör dir nicht zu. Merkst du das nicht? Du bist nicht wichtig. Du bist tot. Finito. Finito la musica.*

Du bist aufsässig geworden, Tilda. Das ist gut, würde sie antworten. Vielleicht würde sie lächeln.

Und leise würde er zittern, ihr Mund.

Ich bin früh schlafen gegangen

Ich stand in Sigis Küche, es war früher Abend, und ich lehnte an der Spüle. Sigi saß am Tisch. Zigaretten, Feuerzeug. Er rauchte also mittlerweile, obwohl ich ihm diesen letzten Satz meiner Mutter nie ausgerichtet hatte. Er sah mich an, warm und freundlich: »Dein Kleid. Ich glaube, es gefällt mir.« Und nach einer Pause: »Was hast du so lange gemacht, die ganzen Jahre?«

»Ich bin früh schlafen gegangen«, antwortete ich prompt. Sigi hatte sich gleich nach dem Umzug in die Mau-Mau-Kolonie einen Fernseher angeschafft. Drei- oder viermal hatten wir diesen Film zusammen gesehen. Er war brutal. Er war nichts für mich.

Sigi fragte nicht weiter. Er stand auf, beugte sich zu mir herunter und berührte ganz sacht meine Schulter. Er sagte leise: »Deine Stimme ist erwachsen geworden, sie passt zu deinem Kleid.«

Das Kleid war ein Wickelkleid. Ich trug nur diese Art von Kleidern. Jetzt, wo Sigi das sagte, das mit dem Kleid, ja, diese Kleider erinnern an die Kittel, die meine Mutter trug, ihre Kittel mit dem Unterrock, der rausguckte. Die Kittel und der Fettfleck auf dem Unterrock unten links. Die Kittel, die mir immer zu sagen schienen: »Lauf los, es ist Sommer.«

Mein Onkel räusperte sich.

»Okay. Deine Mutter«, wechselte er das Thema, »deine Mutter war am Ende, Tilda. Sie war schon sehr krank, als sie weggegangen ist. Sie wollte nicht, dass ich dir davon erzähle. Sie wollte nicht, dass du dir Sorgen machst. Sie wollte einfach gehen und in aller Ruhe sterben. Ohne die anderen. Ohne die vielen Geschichten. Sie ist aber nicht gestorben. Hat noch lange durchgehalten, das alte Mädchen. Dass sie es nochmal bis nach Hause geschafft hat ... Na gut. Warum sie zurückgekommen ist? Ich weiß es nicht.«

»Sie wollte nicht unter diesen Blicken sterben, diesen Siedlungsblicken. Nie«, sagte ich. »Auf keinen Fall wollte sie das.« Ich sagte es und es war die Wahrheit.

»Weißt du, wo sie gewesen ist?«

»Nein, sie hat mir nichts erzählt. Gar. Nichts.«

Sigi versuchte sich an einem leichten Ton und schaute auf seine Hände. »Hm, ich glaube, sie ist wegen dir zurückgekommen, sie hätte dich gerne noch einmal gesehen. Sie hat mir bis zum Schluss nicht erzählt, wo sie war, all die Jahre. Sie wollte verbrannt werden, wusstest du das?«

Freundlich und fragend sah er mich an. »Warum kommst du zu spät? Die Beerdigung war Dienstag.« Und als ich nichts sagte: »Die Mondscheinkrankheit, Tilda, die gab es gar nicht. Hat es nie gegeben. Wusstest du das?«

Ich zuckte mit den Achseln. »Und du? Wieviel hast du gewusst? Von damals?«

Sigi räusperte sich. Er räusperte sich oft, er hörte gar nicht mehr auf, sich zu räuspern, er räusperte sich lange, so lange, wie sich jemand räuspert, der nicht weinen will.

So viel Geräusper, so viele Worte. Er schaute mich an mit einem fragenden Blick, der klar war und Sigi nicht ähnlich. Ich wusste nicht, wo sie gewesen war, all die Jahre. Es war gut jetzt, und ich wünschte, ich hätte die ganzen Jahre nie an meine Mutter gedacht.

Sigi und ich, wir saßen in der Mau-Mau-Kolonie an dem Küchentisch meiner Mutter, dem einzigen Möbelstück, das er aus unserem Haus geholt hatte, bevor es verkauft wurde.

Eine Weile haben wir gar nichts gesagt. Sigi sah aus dem Fenster. Ich habe auch aus dem Fenster geschaut, aber aus einem anderen. Ich war verblüfft, dass er fast gar keine Haare mehr hatte und dass er schmal aussah, schmal und sehr entschlossen. Er sah nicht mehr aus wie der Typ aus *Endstation Sehnsucht*. Er sah aus wie ein Mann ohne Haare. Das war alles. Mir fiel diese alte Kultur ein, in der die Hinterbliebenen bei der Einäscherung ihrer Lieben die eigenen Haare als Grabbeigabe mit verbrennen ließen.

Nach einer Weile Herumschweigen zündete sich Sigi eine Zigarette an. Sigi hat also wirklich das Rauchen gelernt, obwohl ich ihm die Zigaretten meiner Mutter nie gegeben hatte. Er sagte unvermittelt: »Gina hat Volki mitgenommen. Volki war ihr Kind, wusstest du das? Sie sind nicht zurückgekommen. Deswegen sind sie nicht mehr hier, Tilda, weil sie nicht zurückgekommen sind.« Er räusperte sich wieder und machte eine unschlüssige Handbewegung: »Weg sind sie.«

Ich hatte keine Ahnung, wann er damit angefangen hatte. Mit dem Räuspern. Früher hat er das nicht getan.

Das war es, was ich dachte und dabei aus einem der Fenster schaute. Sigis Räuspern und die Mau-Mau-Kolonie ohne Gina fühlten sich nicht richtig an, die Bäume draußen, und alles andere auch nicht. Ich schaute mich um. Die Küche roch anders. So, wie wenn jemand fehlt, der früher oft hier gewesen war.

Ich spürte einen Atem. Meinen Atem und Sigis Atem. Unseren Zweidrittel-Familien-Atem.

»Ich habe in den letzten Jahren Landschaften gemalt, aber das hat auch nichts gebracht. Taugt nichts, ist nichts für mich. Hat deine Mutter gesagt.«

Für jemanden, der sonst immer nur Zigeunerinnen malt, sind Landschaften ein starkes Stück, aber deswegen bestand noch lange kein Grund, sich ununterbrochen zu räuspern, fand ich.

»Ich werde nicht mehr lange hier sein, Tilda. Ich muss los. In den Süden oder vielleicht auch noch weiter.« Sigi machte eine ausladende Handbewegung.

Das alles sagte er, während wir aus verschiedenen Fenstern schauten und aus verschiedenen Mündern atmeten.

Ich wollte nicht abwarten. Auch wenn mich nichts drängte, außer meinem Gewissen vielleicht oder etwas anderem, in meiner Tasche wartete ein Buch. Das Buch, in dem alles stand. Das Buch, das ich ihm gegeben hatte, als ich wegging. Das Notizbuch, das er in seine Jackentasche gesteckt hatte, als wir uns verabschiedeten.

Dieses Buch wollte ich ihm geben. Am besten gleich. Jetzt. Sofort. Aber das Räuspern, seine Landschaften und alles, was fehlte, hielten mich davon ab.

Ich legte das Buch auf den Tisch und Sigi schaute es an, als sei es eine Tube mit Farbe, einer Farbe, die ihm nicht behagte, die er nicht brauchen konnte oder das Ersatzteil eines Mopeds, das sich nicht einbauen ließ.

Jetzt erst schaute Sigi *mich* an. »Er ist vor drei Wochen aus der Haft entlassen worden. Er musste bis zum Schluss einsitzen. Kein Erbarmen.«

Sigi sagte das nicht beiläufig, eher stanzte er diesen Satz, wie einen Stempel aus Kartoffeln mit roter Farbe stanzte er ihn auf den Küchentisch. Auf den Tisch, den Tisch meiner Mutter, den Tisch, den Onkel Sigi aus unserem Haus in die Mau-Mau-Kolonie geholt hatte, der Tisch, an dem sie Kartoffeln geschält und Sigis Cottonovahemden in Grund und Boden gebügelt hatte.

»Hast du gehört, was ich gesagt habe, Tilda?«

Mir war heiß geworden, an der Stirn, in den Händen.

Sigi war in meiner Abwesenheit zu einem Sprecher geworden. Von einem zigeunerinnenmalenden Schweiger zu einem sich räuspernden Stanzer. Es war so, als wäre ihm eine neue Zunge gewachsen. Das war noch überraschender als die Tatsache, dass Gina und Volki über alle Berge waren. Vielleicht war er ein Sprecher geworden, weil niemand mehr da gewesen war, der das für ihn tat. Sprechen.

Ich schaute ihn an. Meine Stirn war immer noch sehr heiß. »Sie sprach immer zu laut.«

Sigi schaute mich prüfend an: »Du mittlerweile auch.«

»Das ist was anderes«, sagte ich leise. »Mich hör' ich ja nicht.«

Sigi sprach einfach weiter. »Wenn du wissen willst, wo du ihn findest, den Kommunisten, geh zum Büchermann. Der weiß, wo er ist.«

»Warst du dabei? Damals, Sigi?«

Sigi schaute mir jetzt direkt in die Augen, auch das hatte er früher selten getan. Früher hatte er ausschließlich den Menschen hinterher- oder an ihnen vorbeigeschaut. Früher hatte er höchstens gepfiffen.

Er räusperte sich. «Es ist nicht mehr modern, ein Kommunist zu sein. Es hat es sich im Knast und in der Welt totgelaufen, das Kommunistische. Vielleicht hat man im Knast aber andere Sorgen. Was weiß denn ich. Vielleicht hat er sogar was gelernt. Der wird schon was Neues finden. So oder so.

Ich schwieg und nahm das Buch in die Hand.

»Tilda, hör zu, es ist nicht *meine* Geschichte«, sagte Sigi wieder mit normaler Stimme und mit Blick auf meine Hände. »Das war sie übrigens nie, auch die von damals, von dem Hermann nicht. Gerade die nicht«, sprach er weiter und schaute mich an, warm und grün und viel zu vertraut. »Übrigens, es ist auch nicht deine Geschichte. Du hast eine eigene. Eine ganz eigene. Aber, das weißt du ja.«

Ich schaute wieder aus dem Fenster, und ich wusste, dass er recht hatte. Als ich noch etwas sagen wollte, hatte Sigi sich schon umgedreht und ging durch die Tür die Treppe hinunter. Da war sein Hinterkopf ohne Haare, und ich konnte sehen, wie sehr er meine Mutter vermisste. Er pfiff nicht. Er räusperte sich aber auch nicht.

Er ging die Treppe hinunter.

Mein Onkel verschwand aus meinem Leben, aus der Kolonie und aus der Küche, in der jetzt alles fehlte. Sigi verschwand, weil Landschaften ihm einfach nichts brachten.

Ich blieb noch einige Tage dort. Einfach, weil ich es wollte.

Am letzten Tag saß ich alleine in Onkel Sigis Küche in der Mau-Mau-Kolonie. Es war warm und mir war, als spürte ich den sauren, stotternden Atem von Volki in meinem Nacken. Es roch ein wenig nach verbrannten Küken und zu heißen Sommern.

Der Atem von Volki zog noch eine Weile durch die Küche, wie Rauchwölkchen, die zu klein für ein Zuhause waren.

Ich öffnete das Fenster und für einen Moment roch es nach Datteln und Zimt.

Draußen stand der Büchermann. Und alles andere auch.

Ich ging zur Tür hinaus, fünf Stufen auch hier. Der Büchermann nahm meine Hand und sagte: »Komm, Tilda, gehen wir ein paar Schritte. Ich erzähle dir eine Geschichte.«

Ich hebe den Becher
trink auf den Mond
und schon sind wir zu zweit

Mein Schatten noch
und es sind
drei.

Die drei Terzinos

Meinen ausdrücklichen Dank

All diese Menschen haben auf die eine oder andere Weise zum Gelingen des Romans beigetragen. Durch ihre Zuneigung, als aufmerksame Leser:innen, Coach: innen, Berater:innen, Lektor:innen oder einfach dadurch, dass mir während meiner Stipendiumsaufenthalte in Berlin freundschaftliches Interesse, Unterkunft und lecker Essen geschenkt wurden:
Stefan Westerwelle, Matthias Ebbinghaus, Astrid Roth, Tabea Rotter, Thomas Ritter, Kostja Heusser, Schreibhain Berlin / Tanja Steinlechner, Kollegas vom Schreibhain Berlin, Julia Willmann, Claudia Kühn, Paula Peretti, Literaturagentur Graf und Graf, Martin de Avila da Silva, Lioba Albus, Köln-Kollegas und Gisa Klönne, Silvia und Thomas Höfer, Petra Nadolny und Thomas Waxweiler, Peter Mustafa Daniels, Sabine Trautschold, Mathias Greffrath und Hortensia Völckers.

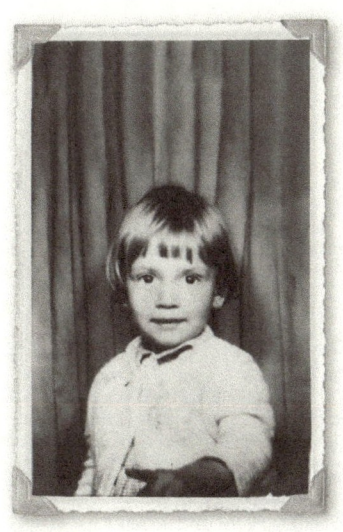

Tilda

Der Begriff Zigeuner, der im Buch Verwendung findet, bezieht sich auf Angehörige einer Gruppe von Roma. Die Wortwahl wurde ausdrücklich in dem Wunsch getroffen, Idiom und Lebenswelt der Siebziger- und Achtzigerjahre authentisch nachzuerzählen. Keinesfalls sollen bei adäquater Lektüre des Stoffs eine diskriminierende Haltung oder stigmatisierendes Gedankengut vermittelt werden.

Der Verlag behält sich die Verwertung des urheberrechtlich geschützten Inhalts dieses Werkes für Zwecke des Text- und Data-Minings nach § 44 b UrhG ausdrücklich vor.
Jegliche unbefugte Nutzung ist hiermit ausgeschlossen.

© by S. Marix Verlag in der Verlagshaus Römerweg GmbH, Wiesbaden 2025
Verlagshaus Römerweg GmbH | Römerweg 10 | D-65187 Wiesbaden
+49 611 986 98 14 | info@verlagshausroemerweg.de

Lektorat: Tabea Rotter, Wiesbaden
Umschlaggestaltung: Anja Carrà, Weimar
Bildnachweis: Composing aus © picture alliance / Sammlung Richter und
© mauritius images / Striking Images-Australia / Alamy Stock Photos
Layout & Satz: Anja Carrà, Weimar
Gesetzt in der Adobe Garamond Pro
Druck und Bindung: GGP Media GmbH, Pößneck

ISBN: 978-3-7374-1249-0